스쿼미시강
캐필라노 호수
그라우스산
코키틀럼 호수
웨스트
밴쿠버
공존의 숲
노스밴쿠버
서스펜션 브리지
캐필라노강
워터프런트공원
지혜의 숲
(스탠리공원)
론즈데일 키 마켓
밴쿠버항
코키틀럼
잉글리시만
밴쿠버
캐나다
플레이스
이스트헤이스팅스
버너비
버너비 호수
조이스 스테이션
디어레이크공원
에드먼즈 스테이션
은혜의 숲
(센트럴파크)
뉴웨스트민스터
프레이저강
시섬
서리
랭글리

KB029180

빅버드

빅버드
Big Bird

박기영 우화소설

교유서가

차례

말썽꾸러기 리처드

밴쿠버 까마귀치고 리처드를 모르는 새는 없었다. 그의 이름 앞에는 늘 수식어가 따라다녔다. 말썽꾸러기 리처드. 밴쿠버 까마귀들이 그에게 붙여준 별명이었지만 그 의미를 정확히 아는 새는 단 한 마리도 없었다.

갈색 바바리코트에 긴 고무장화를 신고 붉은 머리칼을 가진 마흔다섯 살의 백인 사내. 헝가리 출신의 그 사내를 발견하면 밴쿠버 까마귀들은 저마다 한마디씩 불평을 하고 서둘러 자리를 박차고 날아올랐다.

"말썽꾸러기 리처드다. 떠나자."

말썽꾸러기 리처드는 밴쿠버 까마귀들에게 귀찮은 존재

로 소문이 나 있었다.

"어떻게 돼먹은 인간이기에 우리만 졸졸 쫓아다니는 거야?"

오늘도 자신의 사냥 구역 안에서 리처드의 발소리가 들리자 피터슨은 서둘러 날개를 활짝 펴고 날아오른 뒤 동료들에게 물어보았다.

"그걸 누가 알겠어. 확실한 것은 우리를 귀찮게 하는 방법들이 리처드의 머릿속에 가득하다는 거야. 마치 잔디밭에 잔디들이 촘촘히 박혀 있듯이. 그의 머릿속에 우리를 어떻게 하면 괴롭힐 수 있을까 하는 생각들이 가득차 있는 것만은 분명해."

피터슨과 나란히 날아오르던 동료 까마귀가 말했다.

"정말 그래. 그의 머릿속에는 공원의 잔디 싹처럼 우리를 골탕 먹이는 방법들이 새록새록 떠오를 거야. 그는 늘 새로운 골칫거리를 안고 나타나거든. 우리가 그의 새로운 방법에 익숙해질 때쯤이면 또다른 방법을 찾아서 괴롭힐 거야."

피터슨의 말에는 일리가 있었다. 말썽꾸러기 리처드는 정말 다양한 방법으로 밴쿠버 까마귀들을 괴롭혔다. 그는 처음 나타났을 때부터 풍선을 이용해 까마귀들을 놀래주었다. 랭글리 근처에 흩어져 있는 농장에서 그가 처음 동원한 방법이었다. 이는 그의 등장을 알리는 첫번째 사건이었다.

칠월이 되면 밴쿠버 교외 농장들은 본격적인 블루베리 수확철을 맞아 대비했다. 진달랫과 나무에 꽃이 피고 열매가 익기 시작하면 밴쿠버 까마귀들은 자신들의 사냥 구역을 버리고 블루베리 농장으로 모여들었다. 수천 에이커나 되는 블루베리 농장 곳곳에는 달고 맛있는 검붉은 열매들이 햇빛을 듬뿍 받아 당분의 농도를 한껏 높였다.

까마귀들은 수십 마리씩 떼를 지어 그 열매를 쪼아먹었다.

"저게 뭐야?"

그날 157번가 부근 농장에서 블루베리를 열심히 쪼아먹던 까마귀들 가운데 한 마리가 갑자기 크게 외쳤다. 그 소리에 잠시 동안 주변 감시를 소홀히 하고 먹이 사냥에 열중해 있던 감시병 찰리가 눈을 커다랗게 뜨고 고개를 좌우로 재빨리 돌렸다. 이어 그의 입에서 위험신호를 알리는 말이 튀어나왔고 그 소리는 까마귀 무리가 있는 곳에 울려퍼졌다.

"침입자다!"

블루베리 농장 주변은 삽시간에 혼란에 빠졌고 여기저기서 까마귀들이 푸드덕거리며 황급히 홰치는 소리가 났다. 성격 급한 한 까마귀는 날개를 채 펼치기도 전에 공중으로 날아오르려다 떨어져 땅바닥에서 총총걸음을 쳤다. 새로서는 가

장 수치스러운 일이었다. 그러나 수치스러움에 얼굴을 붉힐 시간이 없었다. 다시 한번 날갯짓하여 하늘로 날아올랐다.

놀란 까마귀들은 블루베리 농장 일대 하늘을 어지러이 수놓았다. 그때 까마귀들은 놀라운 광경을 보았다. 농장의 초록색 지붕 위에 길이 90센티미터가 넘는 거대한 새 한 마리가 그들을 향해 날개를 활짝 펼치고 있었던 것이다. 그것은 다름 아닌 바다의 무법자라고 알려진 물수리였다.

물수리가 이렇게 가까이 접근하도록 감시병이 눈치채지 못한 것은 큰 문제였다. 농장에서 벗어나 근처 숲으로 날아든 까마귀들은 먼저 감시병을 몰아세웠다.

"도대체 감시병은 뭘 한 거야. 우리가 조금만 더 늦었어도 누군가 희생되었을 거야."

처음 비행에 실패하여 다시 날아오른 까마귀 에머슨이었다. 그의 말에 이어 다른 까마귀들도 불평을 늘어놓았다. 까마귀들은 굉장히 살벌한 언어로 감시병 찰리를 다그쳤다. 감시병의 임무 태만을 비난하는 심각한 논조였다. 갑자기 하늘이 재판장으로 변했다.

"맞아. 오늘 우리는 까마귀의 고귀한 피를 블루베리 잎사귀에 뿌릴 뻔했어. 감시병은 징계를 받아야 해."

올해 감시병 임무를 맡은 지 삼년째 되는 찰리는 동료들의 비난에 어쩔 줄 몰라했다. 그는 나름대로 최선을 다해 임무를 수행했다. 다른 까마귀들이 정신없이 블루베리 단맛에 취해 있었을 때도 그는 하늘을 살피는 일을 게을리하지 않았다. 다만 그가 발끝에 닿은 굵은 블루베리의 빛나는 유혹에 빠져 두어 번 고개를 돌린 시간을 제외하고는 말이다. 그 짧은 시간에 하늘 어디에서도 보이지 않던 물수리가 그렇게 빨리 자신들의 사냥 구역 안으로 날아올 줄 몰랐던 것이다.

"하지만 나는 최선을 다했어. 그곳에서 한눈을 판 건 블루베리 다섯 알 먹을 때밖에는 없었어. 너희가 정신없이 농장 주위를 날아다닐 때도 나는 하늘을 지켜보았단 말이야."

좀처럼 울먹이지 않는 찰리가 목이 멘 듯한 목소리로 나직이 말한 뒤 날개를 들썩이며 고개를 떨구자 까마귀들은 찰리를 몰아붙이던 기세를 누그러뜨리며 진정하기 시작했다. 그들은 자신들의 무리 가운데 찰리만큼 감시병 임무에 성실한 까마귀가 없다는 사실을 누구보다 잘 알고 있었다. 그래서 그에게 감시병이라는 중책을 맡겼던 것이다. 찰리는 그동안 자신의 임무에 충실했고 그 덕분에 찰리네 일행은 지난 몇 해 동안 큰 사고 없이 무리를 유지할 수 있었다.

"그런데 어떻게 물수리가 랭글리 농장에까지 나타난 거야?"

까마귀들이 진정하자 누군가 물수리 등장에 대해 의문을 제기했다.

"정말 그렇군. 그는 여간해서는 바닷가를 떠나지 않는데, 바다에서 30여 킬로미터나 떨어진 농장에는 왜 나타난 거야? 그리고 날아올 동안 다른 새들을 충분히 낚아챌 수도 있었을 텐데 말이야."

여유를 되찾은 까마귀들은 물수리가 어떻게 이곳까지 오게 되었는지 궁금했다. 그들의 사냥 구역은 안전하기로 소문이 난 곳이었다. 공중을 가로지르는 전깃줄도 없었고 농장지대에 흔히 있는 사냥꾼들도 없었다. 심지어 하늘에서 아무렇게나 나타나 공중제비를 도는 경비행기의 비행 구역도 아니었다. 그만큼 그곳은 안전하고 편안한 사냥 구역이었다.

*

그 궁금증이 밝혀지는 데는 그리 오랜 시간이 걸리지 않았다. 그 일이 있은 뒤 불과 삼일 만이었다. 사건을 파헤친 것은 감시병 찰리였다. 안전한 사냥터를 잃어버린 뒤 찰리네 일행은 새로운 사냥터를 물색해야 했다. 까마귀들은 몇 마리씩 흩어져 사냥터를 찾아 나섰지만 좀처럼 마땅한 곳을 발견하지 못했다. 대부분의 사냥 가능 구역은 다른 까마귀들과 새들이 이미 차지하고 있었고 그곳에서 사냥하려면 한바탕 영역 싸움을 해야 했다. 그때 감시병 찰리가 자신들의 사냥 구역 근방으로 감시를 나갔다가 궁금증을 풀었던 것이다.

"얘들아, 이리 와봐."

찰리는 물수리가 있는 지붕 쪽으로 다른 까마귀들을 불렀다. 위험하기 그지없는 행동이었다. 아무리 비행에 능수능란한 까마귀라 할지라도 물수리와 가까운 거리에 있게 되면 오 분 이내에 물수리의 날카로운 발톱에 날개가 꺾일 가능성이 컸다. 그런데도 찰리는 과감하게 날개를 활짝 펴고 동료들을 불렀다.

"조심해, 찰리. 물수리의 비행 속도는 네가 상상하는 그 이상이야."

동료들이 걱정스러운 목소리로 찰리에게 주의를 주어도 그는 아랑곳하지 않고 더 높이 올라갔다. 높이 나는 새는 다른 새들의 표적이 된다는 새들의 비행 법칙을 무시할 정도로 찰리는 미련한 까마귀가 아니었다.

"걱정하지 마. 내가 본 것을 다시 한번 마지막으로 확인하는 중이야."

그렇게 말하고 찰리는 블루베리 농장 상공으로 힘차게

날아올랐다. 그런데 놀랄 일은 뒤에 벌어졌다. 찰리가 농장 60미터 상공까지 올라가도 물수리는 꼼짝도 하지 않았다. 주위에서 이를 지켜보던 다른 까마귀들은 마른침을 삼켰다. 분명 물수리는 날개를 활짝 펴고 찰리를 향해 비행 방향을 바꾸어 날아올라야 했다. 그런데도 그는 여전히 꼼짝도 하지 않고 있었다.

"이제 확실히 알았어. 저 물수리는 가짜야. 얘들아, 더이상 새로운 사냥터를 찾지 않아도 돼."

기쁜 듯이 소리치는 찰리의 말에 다른 까마귀들이 정신을 차렸다. 그랬다. 물수리는 블루베리 농장 주인들이 까마귀떼 피해를 막기 위해 세운 대책 가운데 하나였다. 그들은 까마귀들이 물수리를 무서워한다는 사실을 알고 가짜 물수리를 공중에 띄워놓았던 것이다. 물수리 풍선에 가스를 넣어 만든 것이었다. 언뜻 보면 영락없이 무법자였다. 그날도 까마귀떼가 날아오자 농장 주인은 회심의 미소를 지으며 풍선 안에 가스를 채워 공중에 띄웠던 것이다. 감시병 찰리는 그런 물수리 풍선을 눈치채지 못했던 것이다. 그것을 만든 사람은 바로 말썽꾸러기 리처드였다.

*

그런 일은 비단 랭글리 농장 지역에서만 벌어지는 것이 아니었다. 까마귀 린다마크 무리도 그 유명한 말썽꾸러기 리처드 때문에 피해를 본 적이 한두 번이 아니었다. 밴쿠버 주택가에는 곳곳에 쓰레기통이 놓여 있었는데, 이는 까마귀들의 좋은 영양 공급처였다. 먹다 남은 피자 조각이나 햄버거 부스러기는 비닐봉지에 싸여 버려졌다. 까마귀들은 날카로운 부리로 비닐봉지를 쪼아 음식물을 파먹었다.

문제는 까마귀들의 식사가 끝난 뒤였다. 까마귀들은 비닐봉지를 원래대로 다시 묶어놓을 수 없었다. 이는 까마귀들의 잘못이 아니었다. 까마귀에게는 비닐봉지를 묶을 수 있는 손이 없었다. 불행히도 신은 까마귀들에게 인간처럼 다섯 손가락을 움직일 수 있는 손을 만들어주지 않았다. 그래서 비닐봉지를 다시 묶으려면 그들에게는 부리가 최소한 두 개는 있어야 했다. 하지만 밴쿠버 까마귀치고 그런 이상한 모습으로 태어난 까마귀는 유사 이래 단 한 마리도 없었다.

까마귀가 쓰레기통을 뒤져 만찬을 즐긴 장소는 음식 찌꺼기와 파헤쳐놓은 비닐봉지로 너저분했다. 인간들은 그것을 몹시 싫어했다. 자신들이 먹다 버린 음식을 다른 동물들이 파헤쳐놓는 것을 못 견뎌했다. 그만큼 인간은 욕심으로 가득한 종족이었다.

인간들 가운데에는 까마귀 자체를 영 못마땅한 눈길로 바라보는 자들이 있었다. 그들은 까마귀가 쓰레기통 주변에 나타나면 막대기를 들고 쫓아온다거나 깡통 같은 것을 던졌다. 하지만 하루종일 쓰레기통을 지키고 있거나 집안에서 쓰레기통만 쳐다보고 있기란 불가능했다. 그리하여 까마귀들은 그 틈을 노렸다.

"부지런한 인간은 없어. 그러니까 너희가 먹이 걱정을 할 필요는 없단다. 만약 맛있는 생선 대가리나 치킨 조각이 들어 있는 쓰레기통을 발견하면 절대 포기해서는 안 돼. 기다리면 언젠가는 인간이 그것을 지키는 일보다 새로운 음식을 만드는 노동에 신경쓰는 게 더욱 유리하다는 사실을 알고는 자리를 비우게 될 테니까. 그때 다가가서 네가 노리던 먹이를 차지하면 돼."

갓 태어난 까마귀에게 먹이 사냥법을 가르치는 교관은 먹이를 어떻게 얻어야 하는지를 교육했다. 그렇게 교육을 받은 까마귀들은 충실히 교관의 가르침에 따랐다. 까마귀 교관은 또 말했다.

"그때 주의할 게 있어. 우리의 먹이 사냥 규칙을 무시하는 인간이 있다는 거야. 가령 우리의 먹이 공급처인 쓰레기통을 지키기 위해 그 안에 들어 있는 물건값보다 더 많이 투자하고 싶어하는 인간이 있어. 노스밴쿠버 유리성에 사는 필립 같은 무리가 바로 그런 친구지."

필립은 밴쿠버 새들이 모두 알고 있는 사람이었다. 그는 까마귀뿐 아니라 모든 새를 싫어했다. 그는 새 깃털을 보면 천성적으로 알레르기를 일으켰다. 커다란 주택에 사는 그는 자신의 집 주위에 새 깃털이 날아다니지 않게 하기 위해 주위를 온실처럼 꾸며놓았다. 사냥 교관은 그런 필립의 집을 가리키며 밴쿠버 까마귀들이 잊지 말아야 할 교훈을 외쳤다.

"저런 자의 쓰레기통을 뒤지는 것은 까마귀들의 수치야. 새 깃털에 놀라서 온몸을 뒤트는 자가 먹는 것을 우리가 처리해줄 필요는 없어. 그런 자의 쓰레기통은 대부분 뚜껑이 닫혀 있거나 지하실 깊숙한 곳에 감춰져 있으니 우리가 신경쓰지 않아도 돼."

말썽꾸러기 리처드가 문제되는 것은 그가 필립 같은 친구들을 자꾸 만들어내고 있다는 점이었다. 린다마크가 사는 킹스웨이 일대는 올해만 해도 쓰레기통에 뚜껑을 만들거나 따로 저장고를 만든 집이 열 집 가까이 늘어났다. 그곳에는 어김없이 말썽꾸러기 리처드가 나타나서 주변 정리를 했다.

붉은 머리칼을 지닌 190센티미터의 사내. 말썽꾸러기 리처드의 존재는 밴쿠버 곳곳에서 드러났다. 먼저 그가 타고 다니는 차량은 매우 독특했다. 그의 85년산 포드 밴은 앞 유리창을 제외하고는 모두 흰색으로 칠해져 있었다. 그리고 그 중앙에는 검은 새가 한 마리 그려져 있었다. 까마귀였다. 날개를 움츠린 채 부리를 꼿꼿이 들고 있는 까마귀 그림 옆에는 클리닝(CLEANING)이라고 쓰여 있었다. 그 글씨 아래에는 전화번호와 휴대전화 번호가 적혀 있었다.

말썽꾸러기 리처드는 그 차를 타고 다니면서 밴쿠버 까마귀들을 괴롭혔다. 차 안에는 다양한 물건이 있었다. 지난여름 랭글리 까마귀들을 놀라게 했던 가짜 물수리를 비롯해 까마귀 접근을 막는 철조망과 가끔씩 어린 까마귀들을 공포에 떨게 만드는 소리총 등이었다. 그 물건들은 까마귀와의 전쟁을 위해 필요한 무기였다. 리처드는 그것들로 까마귀들을 못살게 굴었다. 사람들은 말썽꾸러기 리처드를 까마귀 청소부라고 불렀다.

*

밴쿠버 사람들이 리처드를 찾는 방법은 간단했다. 타블로

CLEANING

이드판 일간지 〈밴쿠버 선〉 알림난을 찾아보면 되었다. 그곳에는 리처드의 전화번호와 집주소를 적어놓은 광고가 실려 있었다. 밴에 그려진 검은 까마귀 그림 옆의 전화번호를 누르면 리처드가 즉각 달려왔다.

말썽꾸러기 리처드를 찾는 사람은 다양했다. 그 가운데 농장주들이 가장 많았다. 그들은 수확철이 다가오면 몰려드는 까마귀들을 쫓기 위해 리처드를 불렀다. 그리고 필립 같은 새 알레르기 환자들과 식당 주인들 순으로 리처드를 찾았다. 야외에 테이블을 놓고 영업하는 사람들은 까마귀가 나타나면 얼굴을 찡그렸다. 까마귀들이 테이블에서 떨어진 먹이를 낚아채기 위해 지붕 위에서 기다리는 동안 곳곳에 배설물을 떨어뜨렸기 때문이다. 그밖에도 뜰에 사과나무나 배나무를 키우는 사람들이 리처드의 도움을 기다렸다.

말썽꾸러기 리처드는 자신을 찾는 사람이 있으면 약속을 정한 뒤 중무장한 차량을 끌고 나와 각 장소에 알맞은 방법을 골라 썼다. 어떤 곳에서는 새 그물을, 어떤 곳에서는 까마귀의 먹이가 될 만한 것을 제거했다. 가장 잔혹한 방법은 까마귀의 생명을 직접적으로 위협하는 것이었다. 생선이나 육류 안에 낚싯바늘을 끼워넣고 낚싯줄을 나무 기둥이나 벽에 연결해 까마귀를 낚아채는 방법이었다. 이런 잔인한 방법은 주로 식당이나 카페에서 사용했다.

까마귀가 낚싯바늘에 걸리는 사건이 벌어지는 곳은 처참했다. 낚싯바늘에 걸린 까마귀는 목젖 깊숙이 박힌 바늘을 빼내기 위해 발버둥질했다. 주위에는 날갯죽지를 푸드덕거릴 때 빠진 깃털이 흩어져 있었고 목구멍에서 흘러나온 피는 주변 땅바닥을 붉게 물들였다. 낚싯바늘을 빼내기 위해 요란하게 날갯짓하던 까마귀는 마침내 전신의 힘이 빠져 차가운 땅바닥에 푹 고꾸라졌다. 그런 끔찍한 현장은 까마귀들의 뇌리에서 오랫동안 지워지지 않아 쉽사리 접근하지 못했다.

그밖에도 말썽꾸러기 리처드가 까마귀를 괴롭히는 방법은 수없이 많았다.

"리처드가 우리를 괴롭히기 위해 머리를 굴리는 소리가 하루종일 들리는 거 같아."

까마귀 린다마크는 '공존의 숲'에 모여 있는 다른 새들에게 불만을 털어놓았다.

"그래. 인간들 가운데에는 그렇게 이상한 버릇을 갖고 있는 자들이 많아. 왜 언젠가 밴쿠버 공항에 모이던 떼새들이 커다란 나무 기둥에서 터져나오는 천둥소리에 놀라 한동안 그곳을 떠난 적이 있었잖아."

갈매기 브랜던이 몇 해 전에 있었던 사건을 환기했다.

비행기가 수없이 뜨고 내리는 밴쿠버 공항의 넓은 잔디밭과 광활한 들판은 작은 새들에게는 천혜의 보금자리였다. 그곳은 떼새의 영역이었다. 그런데 언젠가 떼새가 활주로 주변을 한동안 떠난 적이 있었다. 인간들이 항공 유도등을 따라 요란한 소리를 내는 기계를 설치하고 나서였다. 길이가 90센티미터 가까이 되는 노란색 기계는 마치 나무토막을 잘라내 수평으로 늘어놓은 모습을 하고 있었다. 그곳에서는 주기적으로 커다란 천둥소리가 울려퍼졌다. 비행 접근로에 새들이 접근하는 걸 막기 위해 쏘는 굉음 발생기였다.

"아주 고약한 소리였지. 그래도 잠시 동안이었잖아. 새들의 산란율이 떨어지고 떼새가 프레이저강 쪽으로 밀려나서 공중이 비좁기는 했지만 목숨까지 빼앗는 일은 없었어."

브랜던의 말에 린다마크가 대꾸했다.

그 말에 브랜던이 동의했다. 그에게는 한 가지 의문이 있었다. 브랜던은 린다마크에게 물었다.

"그래. 그런데 말썽꾸러기 리처드가 너희 까마귀떼만 집요하게 괴롭히는 이유가 뭐야? 까마귀들은 그것을 알고 있어?"

"우리도 그게 문제야. 아무도 그 이유를 몰라. 그러니 더욱 답답한 노릇이지. 그가 다른 새들도 괴롭힌다면 그런대로 평등한 인간이라고 생각하지. 하지만 리처드가 너희 갈매기를 노리지는 않잖아?"

"그가 우리 갈매기를 괴롭힌 적은 없어. 불행 중 다행이라고 해야 하나? 리처드가 우리 갈매기까지 노린다면 그야말로 이 밴쿠버 하늘은 지옥으로 변해버릴 거야."

갈매기 브랜던은 사실 지옥이 어떤 곳인지 잘 몰랐다. 그러나 인간들이 그 말을 할 때마다 묘하게 변하는 얼굴 표정은 기억하고 있었다. 인간이 그 말을 상대방에게 할 때 듣는 이의 표정이 험상궂게 변했고 두 사람은 정신없이 목소리를 높였다. 그리고 그 주변은 이내 아수라장으로 변했다. 브랜던은 그 모습을 보고 알게 된 사실이 있었다. 지옥이란 인간의 목소리가 시끄럽게 터져나와야 닿을 수 있는 곳임을.

말썽꾸러기 리처드는 밴쿠버 까마귀들에게 바로 그런 문젯거리를 일으키는 인물이었다. 그가 일단 사냥 구역에 나타나면 주위 까마귀들은 부리를 크게 벌리고 그의 등장을 알렸다. 그러면 주위 까마귀들 역시 그 소리에 동조해 소리를 지른 뒤 일제히 사냥 구역을 떠나 다른 곳으로 날아갔다.

잠시 동안 생각에 잠겨 있던 갈매기 브랜던이 생각났다는 듯이 입을 열었다.

"너희 까마귀는 호기심이 강하잖아. 그런데도 이유도 모른 채 계속 말썽꾸러기 리처드에게 괴롭힘을 당해야 하는 거야?"

브랜던의 질문에 까마귀 린다마크가 대답했다.

"우리도 많이 궁금했어. 그 인간이 왜 우리 까마귀를 못살게 구는지에 대해 대책 회의를 열었지만 답을 얻지 못했어."

그랬다. 말썽꾸러기 리처드가 등장해 밴쿠버 까마귀를 괴롭히자 까마귀들은 대책 회의를 열었다. 먼저 그가 누구인지, 그가 사는 곳은 어디인지, 그가 어떻게 밴쿠버 까마귀와 관계를 맺게 되었는지 등 그의 일과를 추적했다. 하지만 신통한 대답은 얻지 못했다.

"우리 까마귀들의 노력이 부족했던 것은 아니야. 말썽꾸러기 리처드가 사는 곳은 버너비 호수가 내려다보이는 캐나다 하이웨이 부근이야. 이층집이지. 그가 그곳에 살기 시작한 것은 불과 이년도 안 돼. 그리고 그는 아침이면 인근 레스토랑에서 베이컨 두 쪽과 달걀이 들어 있는 식사를 해. 커피 대신에 코코아를 마시고."

린다마크는 밴쿠버 까마귀들이 리처드 때문에 얼마나 신경을 곤두세웠는지 길게 설명했다. 그러나 갈매기 브랜던을 이해시키기에는 역부족이었다.

"우리 까마귀들 결론은 그래. 그는 까마귀에 대해 오랫동안 연구를 했어. 그만큼 우리 까마귀들에 대해 잘 알고 있는 인간은 이 밴쿠버에 없을 거야. 우리가 무엇을 좋아하고, 계절이 바뀌면 어떤 식으로 먹이를 구하며, 심지어 우리 까마귀들이 어디에서 사랑을 속삭이는지까지도 파악하고 있어. 그런데 그런 것을 왜 우리를 괴롭히는 방법으로 활용하는지는 아무도 몰라. 그래서 우리는 그를 말썽꾸러기에 골치 아픈 리처드라고 부르지."

말썽꾸러기 리처드가 밴쿠버에 나타난 이후 까마귀 무리는 저마다 불평을 토해냈다. 자신들의 사냥 구역이 침범당하거나 두 번 다시 하늘을 날지 못하는 까마귀도 생겼다. 그나마 다행인 것은 말썽꾸러기 리처드와 비슷한 인간이 더 생기지 않는다는 점이었다.

말썽꾸러기 리처드는 인간들이 흔히 말하는 동료나 친구와 함께 돌아다니지 않았다. 그는 늘 혼자 흰색 밴을 타고 다니면서 밴쿠버 까마귀들을 괴롭혔다. 말썽꾸러기 리처드가 자신의 동료 몇 명만 데리고 있었다면 밴쿠버 까마귀들은 너도나도 이 도시를 떠나 로키산맥이나 빅토리아 하늘에 자신의 날개를 파묻었을 것이다.

*

그날 부엉이 러레인이 '지혜의 숲'을 떠나 버너비 호수 위를 날게 된 것은 우연이었다. 러레인은 비행 구역을 따로 정해두지 않았다. '지혜의 숲'에 사는 현자답게 그는 해가 지면 밴쿠버 여기저기를 돌아다니면서 사색하거나 새로운 지식을 탐구하는 일을 즐겼다. 그는 그날 까마귀 무리가 사는 버너비 호수를 지나 코키틀럼까지 산책할 예정이었다.

러레인이 '지혜의 숲'을 떠나면서 내려다본 밴쿠버 야경은 크리스마스 시즌이 절정에 이르렀음을 보여주었다. 밤이 되면 가로등과 광고 간판 외에는 어둠 속에 잠기는 도시가 곳곳에서 화려한 불빛의 꽃잎을 피워냈다. 크리스마스트리를 장식하기 위해 여기저기 매달아놓은 주택가의 전구들이 각양각색의 빛을 발하고 있었던 것이다.

"저런 빛의 옷을 입히는 것은 인간의 마음이 어지럽기 그지없다는 증거일지도 몰라. 초록색, 빨간색, 노란색, 흰색. 인간은 왜 저렇게 다양한 꽃을 좋아하는 거지? 두 발로 돌아다니는 인간은 정말 이해하기 힘든 동물들이야."

밴쿠버와 버너비가 나뉘는 바운더리 로드 주위를 지나면서 부엉이 러레인은 주택가 곳곳에 장식되어 있는 크리스마스트리를 보면서 중얼거렸다. 반짝이는 꽃잎들은 나무에만 매달려 있는 것이 아니었다. 집 주위 울타리를 온통 전구로 장식해놓은 곳도 있었다. 다행히 꽃잎들의 빛은 가로등이나 광고판 불빛보다 약했다. 그렇지 않았다면 러레인의 산책길은 엉망이 되었을 것이다. 대낮같이 밝은 빛이 가득하면 그의 눈은 한꺼번에 쏟아져 들어오는 수천 가지 지식에 눈이 멀어버릴지도 모를 일이었다.

'그렇게 되면 어둠 속에서 하나씩 모아두었던 내 지혜가 모두 달아나 머릿속이 텅 비어버릴지도 몰라.'

생각이 거기까지 미치자 러레인은 재빨리 생각을 털어내기 위해 짧은 목을 좌우로 흔들었다. 바운더리 로드를 지나 부엉이 러레인은 산책 비행 방향을 어디로 바꿀지 잠시 고민했다. 그때 그의 눈에 주택가 한 곳에 주차되어 있는 흰색 포드 밴이 들어왔다. 바로 말썽꾸러기 리처드의 작업용 차량이었다. 어둠 속에서도 흰색 지붕에 그려진 검은 까마귀 모습은 그의 시선을 끌기에 충분했다. 러레인도 말썽꾸러기 리처드의 존재를 익히 알고 있었다.

"저 친구의 집이 이쪽에 있었군. 달리는 자동차 지붕 위에까지 까마귀를 그려놓다니, 정말 심술궂은 친구로군. 그런데 저 친구는 잠도 없는 모양이지? 아직까지 거실에 불을 밝혀놓았네?"

말썽꾸러기 리처드의 집은 제법 규모가 있는 이층집이었다. 러레인은 그 집이 시멘트와 나무로 지은 것임을 단박에 알 수 있었다. 거실을 중심으로 현관 쪽은 시멘트를 이용해 직사각형으로 만들어져 있었다. 그 직사각형의 두 변은 안에서 밖을 내다보기 위해 유리로 채워져 있었다. 그리고 그 거실에 딸린 침실과 다른 방들은 나무로 지어졌는데, 지붕은 날카롭게 각을 이루어 하늘로 뻗어 올라가 있었다.

"다행이군. 말썽꾸러기 리처드가 지붕 위에까지 까마귀를 그려놓지 않은 것은. 만약 그렇게 했다면 신들도 그가 까마귀를 끊임없이 괴롭히기 위해 노력하고 있다는 사실을 알 수 있었을 텐데."

러레인은 혼자 중얼거리면서 그의 집 주위를 한 바퀴 돌았다. 그때 그의 시선을 붙잡는 것이 있었다. 거실 쪽에서 새어 나오는 불빛이었다. 푸른색이 감도는 빛깔로 끊임없이 빛의 감도가 바뀌고 있는 것처럼 깜박였다. 빛이 한 방향으로 쏟아지고 있는 것으로 보아서는 기계로 움직이고 있음을 알 수 있었다. 러레인은 그 빛의 정체를 개략적으로 파악할 수 있었다. 그런 빛은 주로 아파트 거실 창문이나 주택가에서 쏟아졌는데, 바로 심야에 볼 수 있는 영상 출력기의 빛이었다.

인간들이 텔레비전이라 부르는 그 빛은 내용을 담고 있었다. 조그마하게 축소된 집과 거리, 인간들을 가두어놓고 여러 사건을 펼쳐 보여주었다. 인간들이 집안에 갇혀 살 수 있는 데 그 기계가 차지하는 비중은 상당했다. 특히 어린 인간들은 그 기계가 쏟아놓는 장면에 민감했다. 어떤 장난감이든지 인간들에게 널리 퍼뜨리기 위해서는 그 기계의 힘을 빌리지 않으면 안 되었다.

"이렇게 늦은 시간까지 거실에서 빛이 쏟아지는 것을 보면 말썽꾸러기 리처드도 텔레비전을 즐겨보는 모양이군."

부엉이 러레인은 혼자 중얼거리면서 비행 속도를 늦추고 리처드의 집 지붕 위에서 크게 원을 그리며 선회했다. 까마귀 무리는 밤에 비행하지 않았다. 그래서 그들은 낮 동안 말썽꾸러기 리처드가 무엇을 하며 지내는지 속속들이 알고 있었지만 그가 밤에 어떤 일을 하는지는 자세히 알지 못했다. 러레인은 까마귀들에게 말썽꾸러기 리처드의 야간생활을 알려주기 위해 그를 살펴보기로 마음먹었다.

러레인은 거실 유리벽이 바로 내려다보이는 마당 위 사과나무 가지에 내려앉았다. 까마귀들과 달리 부엉이는 나무 꼭대기에 내려앉기보다는 중간 가지를 좋아했다. 그들을 제외하고는 밤에 어둠 속을 날아다니는 새들이 없어 공중을 감시할 필요는 없었다. 나무의 중간 가지는 자신의 모습을 밖으로 드러내지 않고 사물을 관찰하기에 더없이 좋은 곳이었다.

*

거실은 어둠 속에 묻혀 있었다. 다만 살아 있는 것이 있다면 한쪽 벽면을 절반 이상 차지하는 커다란 프로젝트 화면과 그것을 바라보고 있는 말썽꾸러기 리처드의 눈빛뿐이었다. 러레인은 짧은 목을 움직이기보다는 주황색 눈동자를 레이더처럼 이리저리 굴리며 그 안에서 벌어지는 일을 지켜보았다. 그리고 잠시 뒤 그는 깜짝 놀란 듯이 한마디 내뱉었다.

"저런, 저 안에도 까마귀가 갇혀 있다니…… 말썽꾸러기 리처드는 정말 무서운 사람이야."

러레인이 짧은 탄식을 내지르며 보았던, 벽면 가득 채울 듯이 파란색으로 번쩍이는 프로젝트 화면에서는 수천 마리의 까마귀가 날고 있었다. 지금까지 말썽꾸러기 리처드가 쫓아낸 수보다 훨씬 더 많았다. 그 까마귀들은 길거리를 비롯해 주택의 지붕 위, 학교의 난간에 앉아 있다가 일제히 한 방향을 향해 날갯짓했다.

화면 속 까마귀들이 날아간 곳은 뜻밖에도 하늘이 아니라

지상이었다. 그때 조금 특이한 것이 러레인의 눈에 들어왔다. 바로 지상으로 향해 있는 까마귀의 부리였다. 그들은 까마귀가 다른 동물을 공격할 때의 부리 모습을 하고 있었다. 날카롭게 끝을 세우고 굳게 다문 입. 공중에서 지상으로 곧장 내리 쪼면 엄청난 파괴력을 발휘하리라는 것을 러레인은 알고 있었다.

까마귀가 노리는 대상은 다름 아닌 인간이었다. 푸른색 화면 한쪽에는 놀란 듯이 입을 쩍 벌리고 하늘을 바라보는 인간들이 있었다. 공포에 찬 사람들의 표정이 클로즈업되더니 이내 학교 운동장에 모여 있던 사람들이 뿔뿔이 흩어져 달아나는 모습이 보였다.

"저건 한 사람의 눈으로 지켜보는 것이 아니다."

그 장면을 보던 부엉이 러레인이 혼자 나지막이 중얼거렸다.

화면에는 각기 다른 각도와 거리에서 찍은 필요한 장면의 영상만 재생되고 있었다. 그리고 그것은 일정한 방향으로 보는 사람을 이끌었다. 그 방향 한끝에서 말썽꾸러기 리처드가 정신없이 화면을 바라보고 있었다. 그의 표정은 기묘했다. 어떤 일에 완전히 푹 빠진 사람의 전형적인 얼굴이었다.

말썽꾸러기 리처드는 갈색 티셔츠에 청바지 차림이었다.

그의 티셔츠 단추는 두어 개 정도 풀어져 있었고 팔꿈치까지 걷어붙인 소맷자락 아래로는 털이 북슬북슬한 그의 팔뚝이 드러나 있었다. 그는 허리를 앞으로 숙인 채 한 팔로는 거실 카펫을 짚고, 또다른 한 팔로는 자신의 무릎을 내리누르고 있었다. 화면 속으로 자꾸만 빨려들어가는 자신을 카펫 바닥에 붙여놓기라도 하려는 듯이. 그리고 입은 반쯤 벌린 채 두 눈으로 벽면의 푸른빛을 빤히 쳐다보고 있었다.

화면 안에서 벌어지는 장면은 커다란 러레인의 눈을 더욱 크게 만들었다. 장면이 바뀌자 처참한 광경이 펼쳐졌다. 까마귀들이 사람들의 머리를 부리로 쪼아 그들의 피부가 찢기고 피가 튀는 것은 말할 것도 없었고, 심지어 어떤 사람은 얼굴이 피로 붉게 물들어 있었다. 화면 속 까마귀들은 온 도시를 돌아다니면서 사람들을 공격했다.

"저건 거짓이야. 까마귀들을 저렇게 나쁘게 만들다니. 이해할 수 없어!"

러레인은 눈앞에 펼쳐지는 장면을 보고도 믿을 수 없었다. 새들은 생각보다 선량한 동물이었다. 그들은 자신들의 둥지가 공격받거나 생명에 직접적으로 위협이 되지 않는 한 다른 생명을 공격하는 경우는 드물었다. 가끔 먹이를 놓고 다투기는 하지만 적의가 있어서 하는 행동은 아니었다.

그것은 신들이 새들에게 걸어놓은 최면 탓이었다. 모든 생물의 먹이다툼은 신들이 조정하는 하나의 무기였다. 세상 모든 일을 하나하나 챙기기 귀찮은 신들이 새들이 먹이다툼을 하면서 스스로 개체수를 조정하게 한다고 새들은 믿었다. 그렇기에 새들에게 먹이다툼은 당연한 것이었다.

그날 러레인은 새벽 두시가 넘도록 말썽꾸러기 리처드의 거실 안을 지켜보았다. 그리고 그 다음날도 러레인은 리처드의 집으로 날아갔다. 그곳에서 리처드의 저녁시간을 관찰했다. 그는 집에서 거의 아무 일도 하지 않았다. 거실에 앉아 대부분의 시간을 어제 러레인이 본 장면을 반복해서 볼 뿐이었다. 화면을 보는 말썽꾸러기 리처드의 표정에는 아무런 변화도 없었다. 그는 거의 넋이 나간 사람처럼 꼼짝도 하지 않고 벽면만 쳐다보았다.

며칠이 지나자 부엉이 러레인은 그 영상 장면 하나하나를 모두 떠올릴 수 있을 만큼 생생히 기억할 수 있었다. 또한 그 영화를 만든 사람이 누구이며, 그 영화가 인간의 역사에 어떤 영향을 미치는지도 알 수 있었다. 이런 정보는 가끔씩 말썽꾸러기 리처드가 바꾸는 테이프에서 얻을 수 있었다. 말썽꾸러기 리처드는 새의 영상과 관련된 다양한 테이프와 자료를 갖고 있었다. 그는 그것을 가끔씩 바꾸어가면서 보았다.

그러나 맨 마지막에는 부엉이 러레인이 처음 그곳에 갔을 때 보았던 까마귀 영화를 보았다.

"그는 인간 친구도 없는 모양이야. 내가 관찰하는 동안 그의 집을 찾아온 사람은 아무도 없었어. 그는 그 무시무시한 화면만 끝없이 보더라고. 그래서 내가 내린 결론은 이거야. 그는 무척 외로운 인간이야. 내가 지난 일주일 동안 지켜본 바로는 저녁에 외출하지도 않았어. 그리고 그를 찾는 전화도 대부분 일과 관련된 것뿐이었어. 그걸 어떻게 아냐면 그는 전화를 받을 때마다 종이를 꺼내 메모했어. 그리고 그 메모를 들고 벽 한쪽에 있는 지도를 살펴보더라고. 어제 내가 물었지? 지난 며칠 동안 말썽꾸러기 리처드가 나타난 곳이 어디냐고?"

'지혜의 숲'에서 부엉이 러레인과 대화를 나누던 까마귀 린다마크는 까마귀 무리에게서 얻은 정보를 다시 확인해주었다.

"로히드몰과 사이먼프레이저대학, 잉글리시만(灣) 근처 식당. 제가 말씀드리지 않았던가요?"

린다마크의 말에 러레인이 고개를 끄덕였다.

"바로 그곳이야. 말썽꾸러기 리처드가 지도로 확인하던 곳이었어. 네가 그 장소를 알려주었기에 최종 결론을 내린 거야."

러레인은 늘 신중했다. 그의 말을 듣고 있으면 어떤 새라도 고개를 끄덕이지 않을 수 없었다. 린다마크 역시 그의 말이 타당하다고 생각했다. 하지만 그는 결론이 궁금해 더이상 참을 수 없었다.

"선생님의 결론은 무엇인가요?"

"말썽꾸러기 리처드는 까마귀를 무척 두려워해. 어렸을 때 보았던 영화에서 받은 충격이 원인인 것 같은데, 더 깊은 사연은 모르겠어. 다만 이제 그 충격을 어떻게 생각하는가가 중요할 뿐이지."

린다마크는 러레인의 말을 끊으면서 질문했다.

"그만큼 그 영화가 놀라운 장면으로 가득 채워져 있나요?"

부엉이 러레인은 린다마크가 자신의 말을 끊었지만 별로 개의치 않아 하고 그의 궁금증을 풀어주었다.

"나도 처음에 보고 놀랐어. 어떤 도시에서 벌어진 사건인 줄 알았지. 그런데 그가 두번째 다시 볼 때에서야 영화라는 것을 알았어. 그뒤에 그가 그 영화와 관련된 해설이 담긴 화면을 틀어놓았을 때 좀더 상세한 정보를 얻을 수 있었지. 말썽꾸러기 리처드가 소년 시절에 보았던 그 영화는 인간들의 영화 역사에 기록될 정도로 대단한 인기를 얻었다 하더구먼. 그런 영화를 갖고 있고, 그와 관련된 영상 기록물을 수집했다는 것은 그가 그것에 빠져 있다고 봐야겠지."

린다마크는 가만히 고개를 끄덕이며 러레인의 말에 수긍했다. 린다마크가 자신의 말을 이해했다고 판단한 그는 마지막으로 결론을 내렸다.

"내가 내린 결론은 이래. 말썽꾸러기 리처드는 너희에게 애정을 갖고 있어. 그 영화를 보고 새들에게 공포심을 갖게 된 것 같은데, 그럴 경우 보통 인간은 새들에게 아주 거칠게 행동하지. 인간은 두려움이 커지면 자신이 나약한 존재임을 감추기 위해 공격성을 드러내는 경우가 많아. 그때 애정이 없으면 무차별적으로 행동하지. 전쟁이나 살인을 그 대표적인 예로 들 수 있지. 말썽꾸러기 리처드가 너희를 죽이기보다 쫓아내는 방법을 쓰는 걸 그 점에서 다행이라고 생각해야 해."

린다마크는 러레인의 말이 쉽게 이해되지 않았다. 린다마크는 고개를 갸우뚱하고 두 날개를 퍼덕이며 회의적인 표정을 지었다. 그런 린다마크의 모습을 본 러레인은 자신의 견해를 명확히 말했다.

"린다마크, 이건 내 생각이야. 너희 까마귀 회의에 참고하라고 알려주는 것이니 너는 그대로 전하기만 하면 돼. 내가 걱정하는 건 까마귀를 싫어하는 인간이야. 만약 그런 인간이 까마귀 청소부를 하게 된다면 그는 보다 적극적으로 너희를 없애기 위해 나설 거야. 너희는 이 점을 명심해야 한다고. 인간은 심심해서 가끔 총으로 우리를 위협하는 버릇이 있는 동물이야. 그러니 무슨 일이 벌어지지 않겠어?"

*

며칠 뒤 말썽꾸러기 리처드가 나타난 곳은 마침 린다마크 일행의 사냥 구역이었다. 그를 맨 처음 발견한 것은 린다마크의 오랜 동료인 제플린이었다. 던디 코트 옆 공원에서 먹이 사냥을 하던 그는 공원 소방도로로 들어오는 까마귀가 그려진 차량을 발견했다. 제플린은 즉각 자신의 무리에게 그의 등장을 알렸다.

제플린의 목소리를 들은 린다마크 일행은 그의 차를 유심히 지켜보았다. 그의 차가 멈춘 곳은 중국인 주택이었다. 그 집에는 상당히 넓은 정원이 있었다. 정원에는 밴쿠버에서 보기 힘든 무화과나무와 다양한 과일나무가 자라고 있었다. 린다마크 일행이 자주 찾아가는 곳 가운데 하나였다.

말썽꾸러기 리처드는 마당에 차를 세우고 현관 벨을 눌렀다. 그리고 잠시 뒤에 집안으로 들어갔다. 린다마크 일행은 그를 환영하기 위해 그 집 정원으로 몇 마리 날아갔다. 어떤 새는 무화과나무로, 어떤 새는 그 집 이층에 매어놓은 빨랫줄에 내려앉았다. 그곳에는 하얀 광목으로 만든 천들이 바람에 휘날렸다. 중국인 부부가 가끔씩 내다 말리는 것이었다. 집주인은 그 천에다 그림을 그려서 내다팔았다.

잠시 뒤 말썽꾸러기 리처드가 집밖으로 나와 자신의 차로 갔다. 차 안에서 몇 가지 물건을 꺼내와 작업을 시작했다. 그것은 바로 물수리 풍선이었다. 밴쿠버 까마귀들은 이제 그것이 가짜 물수리임을 알고 있었다. 그는 물수리 풍선에 수소를 가득 채워넣고 줄로 매달기 시작했다. 그의 행동을 지켜보던 까마귀들은 가짜 풍선이 공중에 떠오르자 요란한 소리를 내며 밴쿠버 하늘로 날아올랐다.

그것은 얼마 전에 열린 까마귀 무리의 대책 회의에서 내린 결정에 따른 행동이었다. 대책 회의는 린다마크가 부엉이 러레인의 이야기를 전한 뒤 전체 까마귀들이 모인 가운데 열렸다. 그곳에서 내린 결정은 다음과 같았다.

밴쿠버의 모든 까마귀여. 우리 위대한 까마귀 대책위원회에서는 그동안 우리의 골치 아픈 존재였던 말썽꾸러기 리처드의 행동에 대해 다음과 같이 모두 공통적으로 대처하기로 결정했다. 그가 나타났을 때는 그가 당황하지 않도록 예전과 같이 행동하되, 그가 절망하지 않도록 한동안 먹이 사냥 구역을 떠났다 돌아온다. 이는 그가 직업을 잃고 절망에 빠져 이 도시를 떠나게 되면 다음에는 그보다 더 피곤한 까마귀 청소부가 나타날 가능성이 있으므로 취하는 조치다.

말썽꾸러기 리처드가 오늘도 밴쿠버 거리를 여유롭게 돌아다니고 있는 것은 까마귀 대책위원회의 결정 덕분이었다.

보트 하우스

보트 하우스는 메트로 스테이션에서 도보로 십분가량 떨어진 곳에 있었다. 아빠와 함께 처음 그 집에 들어선 순간 빛나의 눈에 제일 먼저 들어온 것은 거실 천장에 매달려 있는 눈부신 샹들리에였다. 지금까지 보았던 샹들리에 가운데 가장 화려했다. 빛나의 손가락보다 더 큰 유리알들이 포도송이처럼 공중에 주렁주렁 매달려 있었다. 그 유리알들 안에는 반짝이는 전구가 씨앗처럼 들어 있었다. 빛나가 거실로 들어서자 샹들리에 불빛에 눌린 그림자가 카펫 바닥에 납작 붙었다.

"어머, 따님이 귀엽게 생겼네요. 이름이 뭐니?"

카펫이 깔린 복도 끝에서 목소리가 들려왔다. 순간 놀란 빛나가 복도 쪽으로 몸을 돌리자 그림자도 따라서 움직였다. 카펫 바닥에 누워 있던 빛나의 그림자를 일으켜세운 사람은 바로 보트 하우스의 여주인 '도나 부인'이었다.

도나 부인의 목소리는 활기찼다. 나중에 알게 된 사실이지만 활기찬 목소리는 그녀의 트레이트마크나 다름없었다. 그 집을 찾아온 방문객을 맞을 때 도나 부인은 집안이 쩌렁쩌렁 울리도록 밝은 목소리를 일부러 한껏 높였다. 방문객이 낯선 집에서 안정감을 느낄 수 있도록 하기 위한 일종의 배려였다.

빛나도 마찬가지였다. 빛나는 도나 부인의 목소리에 이끌려 집밖으로 달아나고 싶은 심정을 억누르며 간신히 입을 열었다.

"빛나예요. 영어 이름은 '로제티'고요."

"그래, 이름도 얼굴처럼 예쁘구나. 마음도 그럴 것 같구나. 자, 나를 따라오겠니? 네 방은 저쪽 이층이야. 우선 들고 온 짐부터 풀어야 하니 아빠와 함께 올라가려무나."

"네."

빛나는 간신히 한마디 내뱉고 등뒤에 서 있는 아빠를 쳐다보았다.

조그마한 빛나의 그림자 뒤편으로 커다란 그림자 하나가 구부정하게 서 있었다. 빛나 아빠의 그림자였다. 동양인 특유의 황갈색 피부를 지닌 그의 얼굴은 그림자만큼이나 어두웠다. 빛나 아빠는 아무 말 없이 빛나를 내려다보다 앞장서서 이층 계단을 걸어올라갔다.

빛나는 아빠 등뒤에 바짝 붙어 붉은색 카펫이 깔린 계단을 따라 올라갔다. 계단에서는 오래된 시간의 신음소리가 들렸다. 빛나는 그 소리에 맞추어 한 발씩 이층 복도를 향해 걸음을 옮겼다. 계단을 올라가자 그들을 반긴 것은 제법 널찍한 거실이었다. 이층은 생각보다 넓었다. 커다란 갈색 소파가 놓인 거실은 동쪽으로 창이 나 있었는데, 제법 많은 햇살이 쏟아져 들어왔다. 햇살이 닿는 거실 중앙에는 낡은 텔레비전 하나가 덩그러니 놓여 있었다. 그리고 그 위에는 바로크 문양으로 장식된 화려한 액자가 놓여 있었다. 액자 속에서는 도나 부인의 가족들이 환히 웃으며 그들을 지켜보고 있었다.

빛나는 잠시 시선을 액자 속 사진에 두었다. 한때 빛나도 그런 화려한 액자 속 사진 안에 갇혀 있었다. 그녀가 밴쿠버로 떠나오기 전에 머물렀던 한국 외갓집 거실 한쪽에 자리잡고 있었다. 하얀 드레스를 입은 빛나를 비롯해 가족 모두 정장을 입고 아름답게 장식된 배경 앞에서 함박웃음을 지으며 찍은 사진이었다. 그때의 웃음소리가 아직까지 선명하게 들리는 듯했다. 하지만 빛나의 얼굴에서 웃음이 사라진 지는 이미 오래전이었다.

"빛나야, 네 방은 저쪽에 있는 모양이구나."

빛나의 시선이 여전히 사진 위에 머물러 있자 앞장섰던 아빠가 나지막이 말했다. 아빠의 음성에는 불안감이 묻어 있었다. 마치 그녀가 사진 속으로 빨려들어가서 다시는 돌아오지 못할 것처럼. 빛나는 아빠의 그런 마음을 헤아리기라도 한 듯 다시 걸음을 옮겼다.

"꼬마 아가씨가 쓴다고 해서 깜찍한 방을 비워놓았어요."

깜찍하다는 방은 양쪽으로 몇 개의 문이 늘어선 복도를 지나 맨 끝에 있었다. 좁은 복도를 사이에 두고 마주본 채 어긋나 있는 다른 방들과는 달리 복도 통로를 향해 방문이 나 있는 방이었다. 빛나는 복도를 걸어가면서 유심히 귀를 기울였다. 꽤 긴 길이의 복도를 걸어왔는데도 아무 소리도 들리지 않았다. 이층은 마치 사람이 살지 않는 것처럼 아무런 인기척도 느낄 수 없었다. 빛나는 그것이 마음에 들었다. 만약 다른 사람들이 살고 있다면, 열한 살짜리 꼬마가 혼자 낯선 집에 있는 것을 알게 된다면 사람들의 질문 세례를 받을 것이 뻔했기 때문이다. 그들이 무엇을 묻든지 빛나는 자신의 이야기를 사실대로 말해줄 수 없었다.

"욕실이 따로 붙어 있구나. 집에서보다는 편하겠다."

먼저 방안에 들어선 아빠는 여기저기를 둘러보았다. 하지만 아빠의 손길은 매우 거칠었다. 빛나는 알고 있었다. 아빠는 가슴속에서 끓어오르는 자괴감을 주체하지 못해 행동으로 나타내고 있다는 것을. 그런 아빠의 행동은 일주일 가까이 계속되었다. 그 시발점에는 언제나 빛나가 있었다.

*

보트 하우스. 사람들이 그 집을 부르는 이름이었다. 그 사실을 안 것은 그곳에서 생활한 지 삼일이 지나서였다. 처음 그 이름을 들었을 때 빛나는 그 이유를 잘 몰랐다. 호수나 바닷가가 아닌 도심 한가운데 있는 집에 붙여진 이름치고는 생소했다. 그 낯선 이름을 맨 처음 알려준 사람은 바로 옆방에 사는 돼지 엄마였다. 빛나보다 한 달 먼저 짐을 풀고 생활하던 그녀는 키가 매우 작았다. 빛나가 이층 거실에서 혼자 텔레비전을 보고 있을 때 지나가던 그녀가 다가와서 말을 건넸다.

"오, 아주 귀엽게 생긴 학생이구나. 학생이 빛나인가?"

빛나는 낯선 목소리에 주위를 둘러보았다. 그녀는 아래층에 있는 세탁실에 갔다오는 중이었는지 세탁물을 한 아름 안은 채 계단 끝에 서 있었다. 가슴이 산처럼 부풀어오른 그녀의 질문에 빛나는 얼른 대답했다.

"네, 그런데요. 아, 제 옆방에 계시는 분이군요."

빛나도 목소리의 주인공에 대해 들은 적이 있었다. 도나 부인이 삼십대 후반의 아줌마가 옆방에 살고 있다고 귀띔해주었다. 빛나의 대답에 그녀는 세탁물을 거실 한쪽에 내려놓고 빙그레 웃으며 말했다.

"그래, 돼지 엄마라고 하지. 한국에 두고 온 우리 아들 별명이 돼지거든. 중학생인데 몸무게가 80킬로그램이나 나가서 그런 별명이 붙었지. 그런데 빛나 학생은 어떻게 이 보트 하우스에 오게 되었어?"

"네? 보트 하우스라니요?"

빛나가 눈을 동그랗게 뜨고 되묻자 몸이 가냘파 돼지 엄마라는 별명이 전혀 어울리지 않는 그녀는 순간 당황했다. 그러나 이내 친절하게 설명해주었다.

"빛나가 어려서 어른들이 하는 말을 모르는구나. 보트 하우스는 이런 민박집을 가리키는 또다른 이름이란다."

빛나는 돼지 엄마의 말이 쉽게 이해되지 않았다. 빛나는 밴쿠버에 도착한 지 석 달이 채 되지 않았다. 빛나에게 이국땅의 밴쿠버는 낯설기 그지없는 곳이었다. 길거리 풍경은 말할 것도 없거니와 모든 것이 두려움의 대상이었다. 사람을 만나면 더더욱 그랬다. 그들이 말을 걸어오면 더욱 큰 곤혹스러움을 느꼈다. 그들과 전혀 말이 통하지 않은 탓이었다. 겨우 영어 한두 마디 할 줄 아는 빛나에게 그들의 언어는 두려움으로 다가왔다. 무엇보다 어려운 점은 일반적으로 사전에서 찾은 뜻과 전혀 다르게 쓰인다는 것이었다.

'보트 하우스' 역시 마찬가지였다. 배와 집의 복합명사임에는 틀림없었지만 분명 다른 뜻이 숨어 있는 것 같았다. 빛나가 그 뜻을 헤아리기 위해 잠시 눈을 감았다 뜨는 사이 돼지 엄마가 친절히 보트 하우스에 대해 알려주었다.

"이 집은 이민자들 사이에서 보트 하우스라 불린단다. 급하게 지낼 곳을 찾는 사람들이 이 집에 오지. 나름 이유가 있겠지만 폭풍이 불어올 때 보트를 보호하기 위해 땅 위에 따로 보관하는 것처럼 급하게 머물 곳을 찾는 사람들이 모이다보니 그런 이름이 생기게 되었단다."

돼지 엄마의 설명을 듣고서야 빛나는 비로소 그 뜻을 이해할 수 있었다. 빛나는 이해했다는 듯이 가만히 고개를 주억거렸다. 사실 빛나도 이곳에서 지내게 되리라고는 생각도 하지 못했다. 닷새 전 바로 그 일이 있던 그날 저녁까지는.

빛나는 보트 하우스에 오기 전까지 메트로타운에서 이십 분 정도 떨어진 킹스웨이 아파트에서 살았다. 그녀의 짐 대부분은 아직도 그곳에 있었다.

*

사건은 아빠와 새엄마 사이에서 벌어졌다. 그리고 빛나의 의지와는 상관없이 그 사건의 한가운데에는 빛나가 있었다. 사건은 빛나의 방 맞은편에 있는 큰방에서 시작되었다. 아빠와 새엄마의 목소리가 점점 크게 들리는가 싶더니 이내 빛나의 방까지 넘어왔다.

"그래, 잘난 빛나하고 오랫동안 살았으니, 나보다 그 아이가 더 낫겠구나?"

빛나가 왜 새엄마의 입에서 자신의 이름이 나오는지 궁금해하던 차에 아빠의 나지막한 음성이 들려왔다.

"좀 조용히 해. 아이가 듣겠어."

"들으면 어때. 내가 그 잘난 계집애 눈치를 봐야 하니? 그렇게는 못 살아."

아빠의 낮은 목소리가 사라지기도 전에 날카로운 새엄마

의 음성이 파고들었다. 그러고는 다시 애원하는 듯한 아빠의 말소리가 이어졌다. 이후 빛나의 머릿속은 텅 빈 듯했다.

빛나는 지금 큰방에서 무슨 일이 벌어지고 있는지 도통 알 수 없었다. 그러기에는 너무 어렸던 것이다. 빛나는 이제 겨우 열한 살이었다.

"어쭈! 이게 사람을 치려고 해. 그래 한번 쳐봐라!"

이번에는 더욱 날카로운 새엄마의 음성이 빛나의 방을 흔들었다. 그러고 나서 얼마 지나지 않아 건너편 벽에서 쿵 하는 둔탁한 소리가 울려퍼졌다. 모든 것이 명확해지기 시작했다. 또다시 두 사람의 싸움이 시작된 것이었다. 이어 여자의 비명소리와 물건들이 이리저리 흩어지는 소리가 들려왔다. 그 소리는 집안의 벽들을 무너뜨리기라도 하려는 듯이, 소리가 공명하듯이 아파트 단지를 뒤흔들었다.

잠시 뒤 거친 숨소리와 함께 아빠의 음성이 들렸다.

"빛나야, 나가자. 여기 아니면 머물 곳이 없겠니? 우선 급한 대로 입을 옷만 챙겨라!"

큰방 소리에 놀라 침대 구석에 쪼그려 앉아 있던 빛나를 일으켜세운 것은 덜컹 하고 열린 문소리였다. 빛나는 놀라서 벌떡 일어났다. 그녀가 침대 구석에서 일어나기도 전에 아빠가 방안으로 들어왔다. 빛나가 지금까지 보아온 아빠의 모습과는 전혀 달랐다.

아빠의 머리칼은 거친 돌개바람이 휩쓸고 간 언덕처럼 제멋대로 헝클어져 있었다. 와이셔츠 윗 단추와 두번째 단추는 뜯겨나가 있었다. 하지만 더욱 놀라운 것은 와이셔츠 밖으로 삐져나와 너덜거리는 속옷이었다. 그 모습은 마치 오랫동안 수압에 아슬아슬하게 버티던 수문이 터져 한바탕 홍수가 휩쓸고 간 모습 같았다. 너덜거리는 그 수문을 한바탕 휩쓸고 지나간 흙탕물이 이번에는 그녀의 방으로 밀려들어왔다.

"그래, 짐승 같은 X. 그 잘난 네 딸년과 함께 얼른 이 집에서 나가."

새엄마는 아빠를 따라 방으로 들어오면서 다시 욕설을 퍼부었다. 그 소리에 놀란 빛나는 황급히 침대 위를 걸어가 벽장문을 열고 옷을 챙겼다. 손에 잡히는 대로 정신없이 옷을 가방에 넣었다. 빛나의 떨리는 손길 위로 흙탕물 같은 아버지의 음성이 물보라를 일으키며 방안을 거대한 욕설의 소용돌이로 만들었다.

"말조심해! 너의 그 더러운 짓거리, 이제 더는 아이에게 보여주기 싫어서라도 나갈 거야. 이런 유세를 하려고 이곳으로 오자고 한 거지. 내가 눈에 뭐가 씌었지. 저런 것을 믿고 여기까지 날아오다니……."

그때 빛나는 자신이 메고 다니던 가방이 그렇게 큰지 처음 알았다. 빛나는 벽장에서 손에 잡히는 대로 모두 집어넣었다. 그런데도 가방은 좀처럼 채워지지 않았다. 책상 한쪽에 있는 책과 노트도 가방 안으로 밀어넣었다. 그렇게라도 하지 않으면 방안을 휩쓸고 있는 소용돌이에 빨려들어갈 것만 같았다. 그 속으로 들어가면 두 번 다시 이 세상으로 돌아오지 못할 것 같다는 생각이 들었다.

아빠가 흥분을 가라앉힌 것은 저녁 무렵이었다. 조이스 스테이션 앞에 있는 커피숍에서 부녀가 세 시간 남짓 시간을 보내고 난 뒤였다. 그사이 아빠는 길 건너편 공중전화 박스를 수없이 드나들었다. 마침내 아빠가 차분한 목소리로 말했다.

"빛나야, 많이 기다렸지? 이제 쉴 수 있는 곳이 생겼다. 여기서 십분만 가면 된단다."

빛나를 커피숍에 앉혀놓은 지 세 시간 만에 말을 건넸다. 빛나는 영어라고는 겨우 인사와 몇 마디밖에 할 줄 모르는 아빠가 공중전화를 붙잡고 한참 동안 이야기하는 모습을 보고 놀랐다. 하지만 아빠가 테이블 위에 올려놓은 종이쪽지를 보고 알 수 있었다. 그 종이쪽지에는 한국인들이 운영하는 슈퍼마켓 전화번호가 적혀 있었다. 전화번호에는 수없이 많은 가위표가 비틀어진 십자가처럼 그려져 있었다. 그 가운데 동그랗게 둥근 지붕을 만들어놓은 전화번호가 있었다. 바로 보트 하우스 전화번호였다.

*

보트 하우스에 머문 지 삼일 만에 아빠는 빛나만 남겨두고 떠났다. 여자들만 사는 이곳에 더이상 머무를 수 없었던 탓도 있었지만 문제는 생활비였다. 빛나는 알고 있었다. 새엄마의 아파트에서 나올 때 아빠의 지갑에는 수십 달러밖에 없었다는 것을. 낯선 이국땅에서 돈이 떨어진다는 것은 절망을 의미했다. 아버지는 이틀 동안 여기저기 전화를 했다. 그리고 떠나기 전날 말했다.

"빛나야, 너 혼자 이곳에 있을 수 있지?"

아빠는 무언가에 쫓기는 사람처럼 다급한 목소리로 말했다. 마치 어두운 골목을 잰걸음으로 걷는 발소리처럼 급박하게 들렸다. 만약 빛나가 고개를 가로저으면 아빠는 목소리에서 느껴지는 걸음보다 더 급한 걸음으로 영영 달아날 것만 같았다. 생각이 거기에 미치자 빛나는 조용히 고개를 끄덕였다. 조금이라도 오랫동안 아빠가 옆에 있어주기를 바라면서.

"그래, 고맙다. 아빠가 빛나에게 너무 무리한 요구를 하는구나."

힘겹게 말문을 연 아빠의 말을 끝으로 방안에는 한동안 침묵이 흘렀다. 하지만 아빠는 무거운 침묵의 무게에 짓눌리지 않겠다는 듯이 고개를 들어 천장을 바라보았다. 천장에는 무수한 별이 숨어 있었다. 야광 스티커로 만들어진 별이었다. 누군가 장난처럼 붙여놓은 야광별이 슬퍼 보였다. 야광별은 밤에도 마음대로 빛날 수 없었다. 야광별은 저녁때 불을 켜면 빛 속에 숨어 있다가 잠을 자려고 불을 끄면 그제야 모습을 드러냈다. 빛나는 아빠와 방에 누워 처음 별을 발견했을 때 자신도 모르게 "아" 하고 탄식했다. 그리고 속으로 중얼거렸다.

'아, 너희도 나처럼 이곳 밴쿠버가 낯선가보구나. 사람들이 잠든 뒤에야 비로소 반짝일 수 있으니…… 나는 왜 내가 이곳에서 지내야 하는지 잘 모르겠다. 모든 것이 엉망이 된 세상에서는 너희처럼 아무도 보지 못하는 곳에서 반짝이는 것이 오히려 나을지도 몰라.'

이제 빛나가 야광별이 되어야 할 시간이었다.

아빠의 말이 이어졌다.

"빛나야, 아빠는 이곳에서 한 시간 걸리는 한국인이 운영하는 슈퍼마켓으로 가야 한다. 그곳에서 먹고 자면서 일을 해야 하거든. 영주권이 나오지 않아서 일을 할 수 있는 곳이 그곳밖에 없단다. 일단 집에서 나온 이상 우리 둘이 서로 돕지 않으면 이 어려움을 극복하기 어려울 거야. 아빠가 없더라도 이곳에서 지내면서 열심히 공부했으면 하는데…… 할 수 있지?"

빛나는 아빠의 말을 듣고 자신이 어떻게 해야 할지 대충 알 수 있었다. 그러나 궁금한 것이 있었다.

"네, 알아요. 아빠, 걱정하지 마세요. 그런데 저는 여기에 언제까지 있어야 해요?"

'언제까지'라는 말은 빛나가 캐나다에 도착해서 가장 많이 한 말 가운데 하나였다. 처음부터 그들 부녀의 밴쿠버행은 무리였다. 무엇보다 가장 큰 걸림돌은 비자였다. 새엄마가 영주권자라서 별문제 없을 것이라고 생각했는데, 생각보다 난관이 많았다. 가장 문제가 된 것은 빛나의 친엄마가 작성해야 하는 양육권 양도 서류였다.

한국 법원이 판결한 양육권은 캐나다에서는 아무런 효력이 없었다. 빛나가 밴쿠버에서 살려면 친엄마의 양육권 포기 증명서가 다시 필요했다. 아빠와 이혼한 뒤 친엄마는 절로 떠돌아다녔다. 직접 연락할 수 있는 방법이 없었다. 서류를 받아오는 동안 비자 신청이 늦어졌고 그 바람에 빛나는 학교에 등록할 수 있는 기간을 놓쳐버렸다. 그때부터 빛나는 아빠에게 늘 물어보았다.

"언제 서류가 오나요?"

"언제 학교에 갈 수 있나요?"

"언제 비자가 나오나요?"

그때마다 아빠는 한동안 묵묵히 있다가 나직한 음성으로 간신히 대답했다.

"조금만 기다려보자꾸나."

이번에도 예외는 아니었다. 빛나의 질문에 아빠는 한참 있다 대답했다. 빛나는 아빠의 말속에 끝없이 자신을 힐책하는 채찍질이 숨겨져 있음을 알고 있었다. 아빠는 자신의 등을 휘갈기는 채찍에 마지못해 발걸음을 옮기는 소처럼 느릿느릿 대답했다.

"확실히 알 수 없구나. 아빠도 이런 일은 처음 겪어서 말이야. 조금만 기다리면 아빠가 대답할 수 있을 거야."

다음날 아침 아빠는 보트 하우스 집주인을 따라 자동차를 타고 떠났다. 지난 보름 전의 일이었다.

*

갈매기 베네티가 빛나를 발견한 것은 빛나 아빠가 보트 하우스를 떠나고 이틀 뒤였다. 빛나는 서쪽으로 난 창문을 열고 뒤뜰에 앉아 있는 갈매기 베네티를 말없이 내려다보고 있었다.

보트 하우스는 모두 세 채로 연결되어 있었다. 빛나가 맨 처음 들어온 현관은 그 세 채 가운데 가장 큰 메인 하우스의 현관이었고 그 반대편에는 또다른 현관이 있었다. 뒤뜰로 문이 나 있는 그 현관은 일층 절반가량을 차지했는데, 그곳에서는 인도인이 살고 있었다. 나머지 다른 현관 하나는 보트 하우스 현관에서 뒤뜰로 가는 중간에 있었는데, 옆집 담벼락을 따라 나 있었다. 그곳은 반지하실에 사는 아랍인의 집으로 들어가는 출입문이었다. 보트 하우스는 세 가정이 쓸 수 있도록 지어진 집이었다.

뒤뜰은 그 세 집이 공동으로 쓰는 공간이었다. 잔디가 깔린 마당 가장 위쪽에는 높다란 히말라야시다가 무성한 가지를 자랑하고 있었다. 높이가 15미터쯤 되어 보이는 나무의 가지에는 솔방울들이 숱하게 달려 있었다. 어른 손바닥 정도 되는 크기의 솔방울은 메트로타운 일대가 사냥터인 갈매기

들의 중요 먹이 가운데 하나였다. 또한 그 솔방울은 청설모에게도 없어서는 안 될 양식이었다. 갈매기와 청설모는 솔방울을 두고 서로 다툼을 벌이기도 했다.

그날 아침 갈매기 베네티가 빛나의 시선을 끌게 된 것은 그 먹이다툼 때문이었다.

"어머, 너는 다리를 다쳤구나?"

빛나가 먼저 베네티에게 말을 걸었다. 그때 베네티는 자신이 노렸던 먹이를 낚아채서 달아나는 청설모를 쫓아 땅 위를 두 발로 겅중거리며 뛰어다니고 있었다. 며칠 전 돌개바람이 휘몰아칠 때 히말라야시다 나뭇가지에 발목을 다친 베네티의 독특한 걸음이 빛나의 눈에 들어왔고 그 모습을 보고 있던 빛나가 창문 너머로 말을 걸어왔던 것이다.

그 소리에 놀라 청설모를 쫓던 베네티는 걸음을 멈추고 빛나가 서 있는 창 쪽으로 고개를 돌렸다. 갈색 블라인드가 내려진 창문에는 며칠 전까지만 해도 볼 수 없었던 단발머리 소녀가 눈을 동그랗게 뜨고 자신을 쳐다보고 있었다. 베네티는 빛나를 발견하고 경계 태세를 취했다. 밴쿠버에 사는 모든 새가 알고 있는 격언, "낯선 인간이 자신을 지켜볼 때는 유쾌한 일보다 불행한 일이 더 많이 일어난다"는 말처럼 무슨 일이 일어날지 모르기 때문이었다.

"끼우룩!"

베네티가 자신을 귀찮게 하지 말라고 주의를 주자 창문에서 빛나의 목소리가 들려왔다.

"어머. 얘, 놀라지 마. 나는 네가 안타까워서 그래. 너도 나처럼 마음대로 돌아다니지 못하는 새구나. 무척 답답하겠다."

베네티는 겅중거리던 걸음을 멈추고 창문 너머에 서 있는 소녀를 보았다. 며칠 전만 하더라도 창문의 주인은 다른 사람이었다. 오십대 후반의 여인은 매우 신경질적이었다. 어쩌다 베네티가 창문 옆 베란다에 앉아서 쉴 때면 방안에서 이상한 주문을 외우는 소리가 들렸다. 그녀가 성호를 긋는 모습을 보고 그 주문이 인간이 죽어갈 곳을 기원하는 내용의 기도임을 알았다. 갑자기 창문이 벌컥 열려 종종 깜짝 놀라 베네티는 날개를 푸드덕거리기 일쑤였다.

하지만 오늘 새로 등장한 소녀는 이전의 그 방 주인보다 어렸다. 밴쿠버 새들은 알고 있었다. 인간들 가운데 나이가 어린 친구들은 그래도 적의가 없다는 것을. 인간은 성장하면서 자신의 것을 지키기 위해 난폭해지는 특성이 있었다. 그 난폭성은 다른 동물에게도 공격적으로 변하는 모습을 보였다. 그것은 두려움에 익숙한 생명체가 가장 단순하게 자신을 방어하는 방법이었다.

창문에 서 있는 사람이 어린 소녀임을 확인한 베네티는 괜히 자신의 행동이 멋쩍었다. 자기보다 더 어린 청설모와 먹이를 놓고 다투는 모습을 보여주는 것이 부끄러웠다.

"갈매기야, 그렇게 불편한 몸으로 먹이를 구하는 것이 힘들지 않니. 잠시만 기다려줄래?"

그 말을 남기고 빛나는 잠시 창문에서 사라졌다. 빛나가 뒤뜰에 얼굴을 다시 내민 것은 오분이 채 되지 않아서였다. 그녀의 손에는 갈색 크래커가 들려 있었다. 빛나는 크래커를 조심스럽게 뒤뜰 능금나무 옆에 있는 우체통 위에 올려놓았다.

새들이 자주 내려앉는 우체통 위는 짓궂은 고양이나 강아지의 장난을 피할 수 있는 곳이었다. 빛나는 그곳에 크래커를 놓은 뒤 베네티를 향해 손을 흔들고는 이내 모습을 감추었다. 그때부터 베네티와 빛나 사이에는 보이지 않은 무언가가 생기기 시작했다.

*

빛나가 우체통이 있는 뒤뜰에 모습을 나타내는 시간은 주로 오후 네시쯤이었다. 학교에서 돌아온 지 한 시간가량이 지난 때였다. 베네티는 로열 오크를 거쳐 히말라야시다 솔방울을 구하기 위해 보트 하우스 근방으로 날아오다 우연히 빛나가 가방을 메고 돌아오는 모습을 본 적이 있기에 알고 있었다.

보트 하우스에 들어온 빛나는 잠시 동안 집안에 머물렀다. 그러고 나서 오후 네시경이면 손에 크래커나 팝콘 또는 다른 열매 씨앗을 들고 나타나 노란색 우체통 위에 올려놓았다. 때로는 이곳 밴쿠버 길거리에서 쉽게 볼 수 없는 호두나무 열매나 무화과나무 열매를 놓았다. 부리로 쪼면 열매의 달콤한 향기가 코끝을 자극하는 무화과나무 열매는 새들도 아주 귀하게 여기는 먹이였다. 그런 먹이를 먹고 있을 때면 빛나는 창문에서 환한 웃음을 짓고 베네티를 지켜보았다. 그러고는 베네티가 알 수 없는 소리로 자꾸만 중얼거렸다.

"오늘 말이야, 이 보트 하우스에서 또 한 사람이 떠났어. 은경 언니는 참 좋은 사람이었는데, 비자가 만료되어서 돌아간대. 새들은 비자가 없어서 좋겠다. 어른들은 왜 그런 것을 만들어서 불편하게 사는지 모르겠어. 그냥 자신이 살고 싶은 곳에서 살게 하면 좋을 텐데. 같은 땅에서 살아도 어디에서 태어났느냐에 따라 사는 곳을 제한하다니 참으로 이상해. 그러면서도 사람들은 전 세계는 하나라고 말해. 사는 것조차 그렇게 일일이 구별하면서 말이야. 너희 새들은 그렇지 않지?"

베네티는 빛나의 말뜻을 명확히 알지 못했다. 다만 그녀가 자신에게 이야기할 때면 매우 부드러운 음성으로 말해 다정한 말이라는 것은 느낄 수 있었다. 어떤 날은 빛나가 히말라야시다에 등을 기대고 한참 동안 먼 하늘을 바라보고 있는 모습을 본 적도 있었다. 그때 그녀의 시선은 늘 구름 너머 하늘 저편에 닿아 있었다. 새들도 가끔 시선을 하늘에 두기도 하는데, 주로 간절히 바라는 것이 있을 때였다. 그 하늘 끝에 자신이 원하는 것이 나타나기를 바라는 마음, 그 마음을 표현할 때면 새들도 구름 너머 끝없는 하늘을 바라보았다.

"오늘은 말이야. 새로운 친구가 왔어. 이번에는 일본인 언니다. 그 언니는 불법 취업자래. 그래서 어떤 곳이든 오래 머무르지 못한대. 그 언니에게는 마음을 주지 말아야지. 이 집에 오는 사람들은 정말 나를 힘들게 해. 정이 붙을 만하면 모두 떠나. 자꾸 그런 사람들만 만나서 이러다 정말 내 마음이 닫힐까봐 걱정이란다. 하지만 갈매기야. 너를 향한 내 마음은 닫지 않을게. 나는 말이야, 혼자 방문을 닫고 있을 때가 얼마나 무서운지 잘 알고 있거든. 그러니 언제나 너를 향해 마음의 문을 열어놓을 거야. 다른 사람들에게는 닫을지라도."

빛나는 창가에 앉아 우체통 위에서 쉬고 있는 갈매기 베네티에게 말을 걸기라도 하듯이 중얼거렸다. 빛나가 말을 걸어오는 날에는 이상하게도 베네티의 양날개 끝에서 힘이 빠져나갔다. 베네티는 인간의 말을 모두 이해할 수 없어 무척 안타까웠다. 다른 사람들의 말은 이해하지 못하더라도 빛나의 말은 명확히 알아듣고 싶었다. 그녀의 말에 대꾸해주고 싶었다.

그러나 신들은 시끄럽기 그지없는 인간의 소리를 새들이 알아들을 수 있게 허락하지 않았다. 만약 새들이 인간의 소리를 모두 알아듣는다면 하늘을 자유롭게 비행하는 그들마저 자신의 것을 지키기 위해 싸우기를 마다하지 않을 터였다.

*

그날은 밴쿠버의 모든 새가 기억할 만한 날이었다. 아니, 밴쿠버 새들뿐 아니라 인간들까지 기억할 만한 날이었다. 구개월 만에 처음으로 눈이 내린 날이었기 때문이다. 일년 내내 기온이 영하로 떨어지지 않는 밴쿠버에서는 좀처럼 눈을 구경하기 힘들었다. 주위 산들이 머리에 허연 백설을 이고 밴쿠버를 내려다보고 있었지만 시내에 눈이 내리는 날은 손에 꼽을 정도로 극히 드물었다.

그런 밴쿠버에 아침부터 눈발이 날렸다. 날이 밝아올 무렵에는 이미 온 시내를 새하얗게 뒤덮은 상태였다. 베네티는 깃털 위로 내리는 눈발을 헤치고 프레이저 강가에 있는 둥지를 떠나 메트로타운을 향해 날아갔다. 눈이 내리는 날은 모든 새가 부지런히 움직였다. 땅 위에 떨어져 있는 먹이들이 눈에 덮여 자취를 감추기 때문이었다.

로열 오크 스테이션 부근을 날던 베네티는 발밑으로 지나간 사람의 모습을 보고는 화들짝 놀라서 급히 비행 방향을 바꾸었다. 넬슨 애비뉴로 빠지는 사거리 신호등 아래에서 낯익은 옷이 눈에 띄었던 것이다. 흰색 모자가 달린 분홍색 스키복을 입고 서 있는 사람은 언제나 자신에게 다정하게 말을 걸어주던 빛나였다. 빛나를 향해 날개를 꺾은 베네티는 그녀를 부르려다 그만 목젖 밖으로 터져나오는 소리를 부리로 꾹 눌러 삼켰다. 그녀 옆에 또다른 인간이 있었던 것이다.

사내는 마흔 살이 넘어 보였다. 사내의 차림새는 밴쿠버 사람들과 달랐다. 그는 아직도 얇은 점퍼에 청바지를 입고 있었다. 베네티는 그의 옷차림만으로도 그가 이곳 생활에 익숙지 않은 사람임을 단박에 알아차렸다. 밴쿠버 사람들은 우기 때 대부분 모자가 달린 겉옷을 입었다. 언제 올지 모르는 비를 대비해 우산을 손에 들고 다니는 것보다 편했기 때문이다. 비가 오면 옷에 달린 모자를 뒤집어쓰기만 하면 되었다.

"빛나야. 그래, 또 무슨 일이 있었니?"

베네티는 사내가 빛나에게 건네는 말을 듣고서야 그가 빛나와 같은 나라 사람이라는 것을 알았다. 그리고 빛나의 부드럽고 다정하고 사랑스러운 목소리에서 그 사내가 빛나와 가까운 사이임을 확인할 수 있었다. 인간과 마찬가지로 새들도 자신과 가족관계에 있는 새들에게는 다정한 말투로 말하기 때문이었다.

"네, 아빠. 많은 일이 있었어요. 돼지 엄마가 떠날 때 가슴이 아팠어요. 돼지 엄마도 밴쿠버생활에 실패했다고 하더라고요. 아저씨가 어떤 아줌마와 함께 미국으로 가버렸대요. 그래서 떠나기 전까지 돌아오기를 기다렸는데, 연락이 없었대요."

빛나의 이야기에 사내는 주머니에서 손을 꺼내 옆구리에 붙였다. 그리고 잠시 동안 눈발이 내리는 하늘을 향해 고개를 들었다 내렸다. 순간 사내의 눈가에서 무언가 반짝하고 빛났다. 베네티는 처음에 사내의 눈가에 눈송이가 떨어져 녹아서 반짝이는 것이라고 생각했다. 하지만 사내가 고개를 가로저으며 조그맣게 한숨을 내쉬는 모습을 보며 어쩌면 눈물일지도 모른다고 생각했다.

사거리 신호등이 바뀌자마자 두 팔과 두 다리를 벌리고 있는 신호등 안의 흰색 사내를 재촉하듯이 시각장애인을 위한 음향신호기가 빠르게 울렸다. 빛나와 사내는 신호등 음향신호기에 맞춰 쫓기듯이 바삐 걸으며 대화를 계속했다.

"아빠는 빛나에게 많이 미안하단다."

"왜요? 아빠."

"네가 여기서 고생하는 게…… 아빠가 한국에 있었으면 우리 빛나가 갑자기 어른이 되지 않아도 되었는데…… 아빠 욕심 때문에 이렇게 빛나 혼자 떨어져 지내야 하는 게 아빠는 무척 미안하단다."

"걱정 마세요. 뭐, 아빠 탓만은 아닌걸요. 저도 처음에는 무척 힘들었는데요, 이제는 나름 자신이 생겼어요. 아빠가 빛나를 사랑하지만 빛나 못지않게 새로 생긴 두 동생도 사랑하고 있다는 것을 알아요. 더욱이 아빠는 저하고 달리 영어를 한마디도 못하시잖아요. 저는 아빠가 더 힘드실 거라고 생각해요."

빛나의 얼굴빛이 어두워지면서 두 사람의 걸음걸이는 한

없이 느려졌다. 힘없이 걸어가는 그들의 모습에 베네티는 가슴이 먹먹했고 날개 끝이 억눌리는 듯했다. 넬슨 애비뉴 사거리 신호등 위를 선회하던 베네티는 더이상 날갯짓을 하기 힘들었다. 그는 사거리 우측에 있는 집 지붕으로 서둘러 내려앉았다. 베네티는 주황색 지붕 꼭짓점에 앉아 두 부녀가 임페리얼대로를 따라 사라지는 모습을 묵묵히 지켜보았다. 빛나가 지나간 대로의 발자국은 쏟아지는 눈발에 덮여 금세 사라졌다. 그렇게 사라진 부녀의 발자국을 보면서 베네티는 며칠 전 보트 하우스 뒤뜰에서 혼자 중얼거리던 빛나의 모습이 떠올랐다.

"갈매기야, 너는 어느새 다리가 다 나았구나. 기분이 좋겠다. 이제 걸을 때 뒤뚱거리지 않아도 되니 너는 무척 행복할 거야. 나도 언젠가 그렇게 마음이 다 나았으면 좋겠다. 그런데 힘들 거야. 여기에서 한국 친구를 생각하고 그곳으로 돌아가고 싶어도 나는 갈 수 없는걸. 왜냐하면 그렇게 하면 우리 가족은 또 한번 서로 헤어져야 하거든. 내가 새엄마와 사는 것이 싫듯이 내 새로운 동생들도 나중에 또 새아빠와 사는 것을 싫어할 거야. 그렇게 안 되게 하려면 아빠와 새엄마가 얼른 화해해야 하는데. 갈매기야, 너는 하늘을 날아다니니 하느님께 훨씬 가까이 갈 수 있을 거야. 그렇게 가까운 곳에서 기도하면 하느님이 들어줄지도 모르니 네가 나 대신 기도 좀 해줄래?"

그때 빛나의 목소리는 우기의 밴쿠버 날씨만큼이나 축축이 젖어 있었다. 그날 베네티는 프레이저강으로 날아가는 귀갓길이 무척 힘들었다. 빛나의 목소리에 온몸이 습기에 차서 깃털 끝이 마음대로 펴지지 않았던 것이다.

*

잠깐 사이에 시간이 지나갔다. 낙엽이 진 거리로 빗방울이 자주 떨어진다는 생각이 드는 순간도 잠시, 이내 거리에는 크리스마스트리가 세워졌다. 어느새 십이월이 찾아왔다. 빛나는 보트 하우스에 머문 두 달 동안 딱 두 번 아빠를 만났다. 처음은 아빠가 집에 있는 나머지 짐을 가져왔을 때였고, 또 한번은 한 달이 다 되어갈 무렵 하숙비를 지불하러 왔을 때였다. 그때까지 빛나를 찾아온 사람은 아무도 없었다.

그사이 보트 하우스에는 숱한 사람들이 드나들었다. 대부분 사연이 있는 사람들이었다. 그들은 전화로 위치를 확인한 뒤에 바로 집으로 들이닥치거나 아니면 그날 저녁때 메트로타운에 모습을 나타냈다. 그러면 주인아저씨가 차를 끌고 나가 그들을 보트 하우스로 데려왔다. 그들은 며칠 동안 머물다 귀국 비행기를 타거나 다른 도시를 찾아 떠났다. 그런 보트 하우스에 불행이 닥친 것은 새해를 불과 십여 일 앞두고서였다. 빛나가 보트 하우스에 머문 지 두 달 정도 되었을 무렵이었다.

"미안하지만 모두 짐을 꾸려주세요."

빛나는 방에서 음악을 듣고 있었다. 그때 계단을 뛰어오면서 방문을 두드리며 다급하게 외치는 도나 부인의 목소리가 들렸다. 잠시 뒤 도나 부인의 목소리가 빛나의 방문 앞까지 이르렀다.

"빛나야. 미안하지만 너도 곧바로 짐을 옮겨야겠다."

도나 부인의 떨리는 목소리를 듣는 순간 빛나는 처음 이 집을 찾아올 때의 기억이 되살아났다. 집에서 쫓기듯이 나선 낯선 거리의 풍경과 알아듣지도 못하는 말로 자꾸만 말을 걸던 낯선 사람들. 그리고 그 너머에서 흰 복면을 쓴 괴물처럼 자신을 내려다보던 그라우스산의 모습.

"이웃집에서 경찰에 신고를 한 모양이구나. 이곳에서 민박을 치고 있다고. 시청에서 경찰관과 함께 확인하러 오겠다고 연락이 왔으니 곧 그들이 올 모양이다. 그러니 너도 짐을 싸서 창고에 넣어두고 잠시 밖에 나갔다 와야겠다."

빛나는 도나 부인의 말을 이해할 수 없었다. 지금까지 도나 부인은 보트 하우스를 찾는 사람들에게 돈을 받고 민박을 쳤는데, 그것을 이제 감추려고 했다. 자신이 한 일을 흔적도 없이 지우는 행동은 아빠나 새엄마처럼 어른들이 하는 것이라고는 알았지만 도나 부인까지 그럴 것이라고는 미처 생각하지 못했다.

빛나가 머뭇거리자 도나 부인이 나직이 말했다.

"빛나야, 여기는 주택가란다. 이 나라 법에 이런 주택가에서는 민박을 해서는 안 된다고 되어 있단다. 그걸 누가 알고 신고를 한 모양이구나. 경찰관이 와서 확인하고 난 다음에는 아무 일도 없을 테니 불편하더라도 잠시 동안 여기 있는 사람들과 나가 있으렴."

경찰이라는 말에 빛나는 갑자기 가슴이 벌렁거렸다. 가끔씩 아빠와 다툴 때 새엄마가 쓰던 단어였다. 아빠와 새엄마는 싸우다 감정이 격해지면 경찰이라는 단어를 내뱉었다.

"그런 식으로 나를 위협하면 경찰을 부르겠어요. 당신 이곳에서 체포되면 영주권이고 나발이고 아무것도 없어요. 여기는 여자들의 나라예요. 남자와 여자가 다투면 남자를 집밖으로 쫓아내고 접근을 금지하는 나라란 말이에요. 더욱이 지금 이 집은 내 앞으로 임대되어 있어요. 당신은 언제라도 내가 나가라고 하면 나가야 하는 사람이란 말이에요."

새엄마의 날카로운 목소리가 계단을 타고 올라왔다. 그뒤 잠시 동안 아빠의 한숨이 이어지는가 싶더니 아빠가 화를 꾹 꾹 누른 목소리로 힘겹게 말했다.

"그래, 잘났다. 여자들의 나라라서 좋겠다. 너는 참 이상하구나. 한국에 있을 때는 아이들은 아빠와 함께 자라야 된다고 이곳으로 오자 해놓고, 이곳에 와서는 여기 식으로 여자와 아이들이 우선이니 그것에 따라야 한다 하고. 어떻게 너는 너한테 유리한 대로만 생각하니?"

아빠의 말이 무엇을 의미하는지 빛나는 어렴풋이 알 수 있었다. 이곳에 와서 빛나가 맨 처음 겪은 고통과 관련이 있었다. 아이를 가장 중시한다는 곳에서 빛나는 전혀 다른 경험을 했다. 한국에서는 남녀가 결혼하거나 재혼하면 자녀들은 부모와 함께 살았다. 그렇게 구성된 가족은 누가 낳았든지 가족의 일원으로 받아들였다.

그러나 여기서는 달랐다. 빛나가 입학하기 위해 학교에 갔을 때 그곳에서는 빛나가 새엄마의 딸이 아니라는 이유로 양육권을 행사하지 못한다고 통보했다. 그 문제는 빛나의 가정에 커다란 타격을 주었다. 만약 그렇게 된다면 빛나는 새엄마는 물론 동생들과도 함께 사는 것이 불가능했기 때문이다.

그런 이유로 빛나와 아빠는 다시 한국으로 돌아가 칠개월 정도 살다 다시 가족들과 합쳤다. 그사이 빛나의 이복동생들은 아버지 없이 자라는 고통을 겪어야 했다. 그러던 가운데 새엄마가 수술을 받게 되자 어쩔 수 없이 아빠와 빛나는 캐나다로 와서 영주권 신청을 하게 되었다. 영주권이 나오는 기간 동안 아빠와 새엄마는 늘 다투었다. 아빠는 귀국을 주장했고 새엄마는 캐나다 거주를 주장했기 때문이다. 그런 다툼은 결국 두 사람 사이를 갈라놓았다.

빛나가 경찰에 대해 공포심을 갖게 된 것은 그때였다. 아빠와 새엄마가 처음 크게 싸웠을 때 갑자기 경찰차 사이렌이 울렸고 곧바로 경찰이 집으로 들이닥쳤다. 아빠와 새엄마의 목소리가 한동안 날카롭게 울려퍼지고 집안에서 물건 부서지는 소리가 들리자 옆집 사람이 신고했던 것이다. 경찰은 한동안 새엄마와 이야기한 뒤 아빠를 데리고 갔다. 아빠가 집으로 돌아온 것은 그로부터 24시간이 지나고 나서였다. 그 동안 빛나는 방에서 한 발자국도 나가지 않았고 입으로는 무엇 하나 넘길 수 없었다.

그런 경찰이 다시 나타난다는 소리에 빛나는 서둘러 방안에 있는 짐들을 싸서 옮겼다. 보트 하우스의 다른 사람들도 마찬가지였다. 그들은 짐을 모아 한 방으로 밀어넣은 뒤 각자 외출을 했다. 하지만 빛나는 갈 곳이 없었다. 빛나는 보트 하우스 뒤편에 있는 공원 잔디밭에 앉아 시간이 지나가기만을 기다렸다. 그때 새 한 마리가 빛나의 눈에 띄었다. 바로 갈매기 베네티였다. 그를 보자 빛나는 중얼거리기 시작했다.

"참, 이상하지? 갈매기야. 어른들의 세계는 이해할 수 없는 것들로 가득차 있어. 돼지 엄마가 메트로타운으로 나가면서 말한 건데, 아마도 경찰에 알린 사람은 같은 민박을 하는 한국 사람일 거래. 보트 하우스 광고가 한국인 신문에 계속 실리자 다른 지역 민박업자가 집 위치를 알아서 신고했을 거래. 이 집 민박 가격이 싸서 그 집 손님이 줄어든 탓이래."

베네티가 빛나 말을 알아들을 수 없어 고개를 갸웃거리자 빛나는 잠시 동안 말을 끊고 하늘을 올려다보았다. 그리고 다시 말을 이었다.

"나는 말이야. 이 보트 하우스에 머물면서 참 많은 것을 배웠단다. 어른들도 우리처럼 걱정에 싸여 산다는 것을 보았고, 어른들도 불안하면 나처럼 운다는 것을 알았어. 얼마 전 내 앞방에 이틀 동안 머물렀던 할머니 기억나니? 이곳에서 삼십년을 살았대. 그 할머니는 연금을 받는 분이래. 그런데도 이곳에 머물렀대. 할머니 딸과 사위가 다투는 것을 보고 나서 양로원에 가려고 신청해놓고 기다리고 있었던 거야."

그 할머니라면 베네티도 알 수 있는 인물이었다. 최근 두 달 사이에 이곳에 머문 할머니는 단 한 사람밖에 없었다. 그녀는 보트 하우스에서 며칠 지내지 않았지만 인근 새들이 모두 알 정도로 대단했다. 그 할머니가 쓰레기통을 뒤지는 까마귀를 향해 이층 베란다에서 깡통을 집어던졌기 때문이다. 새들을 향한 그런 공격은 밴쿠버 사람이라면 생각조차 할 수 없는 일이었다. 왜냐하면 인간의 법률로 규제되어 있었기 때문이다. 새에게 아무런 이유 없이 위협적인 행동을 하는 사람은 벌금 오백 달러를 내야 했다. 까마귀를 향해 깡통을 던지면서 한 말은 더욱더 유명했다.

"이 망할 놈의 까마귀! 어디서 쓰레기통을 뒤져. 나는 너희 울음소리를 들을 때마다 귀신이 나타날까봐 겁이 난단 말이야!!"

할머니가 까마귀를 향해 깡통을 던지자 요란한 소리가 보트 하우스 뒤뜰에 울려퍼졌다. 빛나의 창문에 달려 있는 블라인드가 올라간 것은 그뒤였다. 빛나는 아무 소리 없이 까마귀가 날아가버린 쓰레기통을 한참 동안 바라보았다. 잠시 뒤 빛나의 그림자가 히말라야시다 그늘 아래로 들어왔다. 빛나는 땅에 떨어진 깡통을 주워 쓰레기통에 넣으면서 말했다.

"아, 새들은 너무 놀라지 마. 할머니는 너희에게 신경질을

내는 게 아니야. 할머니 삶의 무게가 너무 무거워 힘이 들어서 그러는 거야. 그래서 신경질을 낸 거야. 하지만 너희에게도 잘못이 있어. 쓰레기통을 이렇게 뒤져놓으면 다른 사람들이 무척 불편하단다. 우리 아빠가 다음에 오면 플라스틱 새 모이통을 사다달라고 할 테니 그곳에 있는 모이를 먹도록 해."

빛나는 창문에서 한참이나 마당을 내려다보다 커튼 뒤로 사라졌다. 그런 빛나의 모습을 보던 베네티는 빗속에서 날개를 몇 번 푸드덕거리며 날개에 묻은 빗방울을 털어냈다. 새들이 인간의 따뜻한 손길에 익숙해지면 나타내는 행동이었다. 그날 빛나는 보트 하우스 뒤뜰에 한참 동안 앉아 있었다. 겨울해는 여지없이 오후 네시면 모습을 감추었다. 빛나는 베네티가 프레이저강을 향해 날갯짓을 하기 시작했을 때도 그곳에 있었다. 끊임없이 쏟아지는 비를 맞으며 어둠 속에 앉아 있는 빛나의 모습을 보면서 베네티는 아쉬운 날갯짓을 해야만 했다.

*

아침에 일어나자마자 갈매기 베네티는 하늘을 바라보았

다. 그라우스산이 있는 동쪽 편에서 붉은빛이 뻗어나와 그가 둥지를 튼 프레이저 강물 위로 뽀얀 안개를 흩뿌렸다. 수채화 톤으로 번지는 그 빛에 취한 듯이 강물마저 붉게 달아올라 꿈틀거렸다. 십일 동안 쉼없이 쏟아지던 빗줄기가 그치고 오래간만에 활짝 갠 아침이 밝아왔다.

우기 때 이처럼 맑은 날씨가 하루의 문을 열면 새들의 기분은 날아갈 듯이 가벼웠다. 베네티도 마찬가지였다. 그는 오래간만에 프레이저강을 따라 하구 쪽으로 내려가 바닷물고기를 먹이로 잡아볼까 하고 생각했다. 햇살이 수면에 비치면 조그만 물고기들이 반짝이는 햇살을 쫓아 수면 가까이에서 헤엄친다는 사실을 베네티는 알고 있었다. 그래서 그는 둥지를 떠날 때 처음에는 서쪽으로 방향을 잡았다. 그러다 오션 뷰 묘지 부근에 이르렀을 때 생각을 바꾸었다.

'이렇게 아름다운 날을 혼자 보낼 수는 없어. 빛나에게도 알려줘야지.'

생각이 거기에 이르자 베네티는 재빨리 우측 날개를 꺾어서 방향을 바꾸었다. 아직까지 보트 하우스 사람들은 이렇게 날씨가 좋다는 사실을 모를 터였다. 겨울철이 되면 여명이 밝아와도 한 시간가량은 지나야 날이 훤해지기 때문이다. 더욱이 빛나가 머무는 방 창문은 보트 하우스 서쪽으로 나 있었다. 베네티는 빨리 보트 하우스로 날아가고 싶었다. 그곳에 도착해 부리로 창문을 두드려서라도 빛나를 깨워 아름답기 그지없는 우기가 끝난 밴쿠버 하늘을 보여주고 싶었다.

보트 하우스는 아직 어둠 속에 묻혀 있었다. 베네티가 즐겨 내려앉는 히말라야시다 꼭대기에만 아침 햇살이 닿아 푸르게 반짝였다. 베네티는 조심스럽게 날개를 접고 아직 물기가 축축한 마당에 자신의 그림자를 내려놓았다. 그러고는 빛나가 있는 방으로 고개를 돌렸을 때 방안은 이미 불이 환하게 켜져 있었다.

'이런, 그녀도 알고 있었던 거야? 일월의 아름다운 맑은 하늘이 자신을 찾아오고 있다는 것을?'

베네티는 나름대로 생각했다. 보통 때 같으면 이 시각에는 블라인드가 내려와 있어 빛나의 방은 아직 어둠 속에 잠겨 있어야 했다. 하지만 오늘은 달랐다. 블라인드는 창문 끝까지 올라가 있었고 방안의 나지막한 그림자와 제법 큰 그림자가 불빛에 반사되어 유리창에 비쳤다.

"아! 그녀의 아빠가 찾아온 모양이구나."

베네티의 예상은 틀리지 않았다. 잠시 뒤 전에 본 적 있는 빛나의 아빠가 창문을 열고 얼굴을 내밀었다. 그러고는 주머니에서 하얀 물체를 꺼내 입으로 가져갔다. 이내 희디흰 연기가 피어올랐다. 담배를 피우지 못하게 되어 있는 보트 하우스에서 몰래 담배를 피우는 인간들이 흔히 쓰는 방법이었다.

베네티는 빛나가 아빠와 함께 있는 것을 발견하고는 잠시 동안 주위에 흩어져 있는 나무 열매로 배를 채웠다. 자신의 조그만 위장이 히말라야시다 솔방울로 가득차자 베네티는 그곳을 떠나 바닷가로 가기 위해 땅을 박차고 날아올랐다. 이런 날은 빛나가 쓸쓸한 보트 하우스 뒤뜰을 지켜보는 것보다 야외에라도 나가는 편이 훨씬 좋다는 것을 베네티도 알고 있었다. 밴쿠버의 많은 사람이 날이 개면 야외로 나가듯이 그녀도 아빠와 외출을 하면 더 좋을 것이라고 생각했다.

날개를 퍼덕이며 6미터 높이의 상공에 이르렀을 때 베네티는 다시 한번 방향을 바꾸지 않으면 안 되었다. 보트 하우스 정문에 낯선 차가 하나 보였다. 그 차를 발견하고 무심코 고개를 돌리던 베네티는 눈을 커다랗게 떴다. 보트 하우스 정문으로 빛나가 손에 여행용 가방을 들고 나오고 있었다. 보트 하우스를 맨 처음 찾아온 사람이나 떠나는 사람이면 누구나 갖고 있는 가방이었다. 그날은 빛나가 보트 하우스를 떠나는 날이었다.

빛나를 발견한 갈매기 베네티는 더이상 공중에 머물러 있을 수 없었다. 갑자기 현기증을 느낀 베네티는 히말라야시다 꼭대기로 방향을 틀어야만 했다. 그는 가지 끝에 겨우 매달려 미끄러지지 않기 위해 두 다리에 잔뜩 힘을 주었다. 그 바람에 진저리를 치듯이 유난히 바람에 약한 히말라야시다 잎사귀들이 우수수 떨어졌다.

"빛나야! 이제 짐은 다 챙긴 거니?"

"네, 아빠!"

빛나의 목소리가 그 어느 때보다 생기가 돌았다. 기대감에 잔뜩 부푼 목소리였다. 그것이 베네티의 아픈 가슴을 조금이나마 위로해주었다. 떠나는 빛나의 목소리가 어두웠다면 그날 베네티는 맑은 밴쿠버 하늘을 마음껏 날아다닐 수 없었을 것이다.

차에 짐을 가져다놓은 빛나는 도나 부인과 작별인사를 했다. 그러고는 차 안으로 모습을 감추었다. 잠시 뒤 차에 시동을 거는 소리가 들렸고 자동차 꽁무니에서 하얀 연기가 새어 나오기 시작했다. 미처 연소되지 못한 가솔린이 차가운 아침 공기와 만나 뿜어내는 수증기였다. 베네티는 빛나에게 잘 가라는 인사를 할 생각으로 부리를 커다랗게 벌리고 울음소리를 냈다.

그때였다. 굳게 닫혔던 자동차 문이 열리면서 빛나의 모습이 다시 보였다. 그녀의 손에는 낯익은 물건이 들려 있었다. 베네티도 익히 알고 있는 기다란 원통형 플라스틱으로 된 새 모이통이었다. 지름이 5센티미터가 안 되는 새 모이통은 마당에 있는 나무에 매달아놓을 수 있는 것으로 밑에는 새들이 쉴 수 있는 받침대가 달려 있었다. 밴쿠버 사람들이 집으로 새를 불러모으기 위해 새 모이통을 마당 나뭇가지에 매달아놓는 경우가 종종 있었다. 조그만 참새 무리나 비둘기들이 그 모이통을 좋아했다.

빛나는 새 모이통을 들고 내리면서 말했다.

"아빠, 고마워요. 잠깐만 기다려주세요."

빛나는 새 모이통을 들고 보트 하우스 뒤뜰로 달려가 베네티가 앉아 있는 히말라야시다 맞은편에 있는 단풍나무 밑에 섰다. 그 단풍나무는 잎이 모두 떨어져 앙상한 가지만 드러내놓고 있었다. 빛나는 주위를 둘러보고는 마당 한편에 있는 의자를 가져와 단풍나무 아래에 가져다놓았다. 그러고는 의자를 밟고 올라가 새 모이통을 단풍나무 중간 가지에 매달았다. 빛나는 새 모이통 밑을 한 손으로 잡아 살며시 당겼다 놓았다. 휘어졌던 나뭇가지가 다시 원래의 위치로 돌아갔다. 그 정도의 힘으로는 나뭇가지에서 떨어지지 않겠다는 듯이 모이통은 철사에 꽁꽁 묶여 있었다. 이를 확인한 빛나의 얼굴에는 환환 웃음이 피어났다. 빛나는 다시 시동이 걸린 자동차로 뛰어갔다.

갈매기 베네티가 구부러진 부리를 높이 쳐들고 목구멍 깊숙이 울려퍼지는 작별의 울음소리를 토해냈다. 지금까지 베네티가 내지른 소리 가운데 가장 길게 낸 울음소리였다. 베네티는 로열 오크 쪽을 향해 고개를 돌리며 더 크게 울었다. 밴쿠버의 다른 새들에게도 그녀가 보트 하우스를 떠난다는 사실을 알려주기 위해서였다. 베네티가 다시 보트 하우스 마당을 보았을 때 빛나가 탄 차는 벌써 프레더릭 거리를 빠져나가 공항 쪽으로 달려가고 있었다.

빛나가 매달아놓은 모이통 속에는 조그만 종이쪽지 하나가 들어 있었다. 그 종이에는 베네티가 결코 읽을 수 없는 글자들이 적혀 있었다. 빛나가 인간의 문자로 깨알같이 적어놓았던 것이다.

> 안녕, 내 사랑스러운 친구들아. 나는 내가 사랑하는 고국으로 떠난단다. 밴쿠버에 있는 동안 너희는 나의 가장 친한 친구였어. 우리가 다시 만날 수는 없겠지만 이 모이통을 찾을 때마다 여기 보트 하우스 창가에 앉아 너희를 지켜보았던 낯선 이국의 소녀를 기억해주렴.

이상한 비행

“나는 인간들이라는 종족을 도대체 이해할 수가 없어.”

노스밴쿠버와 웨스트밴쿠버가 만나는 캐필라노 강가에 사는 가마우지 리처드 몰은 클라하니공원 쪽으로 몰려가는 차량 행렬을 보면서 중얼거렸다. 그 행렬은 아침햇살이 해안가의 연필향나무 끝을 파랗게 물들이면서 시작되었다. 어둠 속에서 전조등을 켠 차들이 하나둘씩 나타나더니 어느덧 라이언스 게이트 브리지에는 꼬리에 꼬리를 문 긴 행렬이 이어졌다. 태양이 벌겋게 달아오르는 오전 열시가 되면 행렬은 절정을 이루었다.

일요일인데 이렇게 많은 사람이 분주히 돌아다니는 날

은 일년 중 며칠밖에 되지 않았다. 기껏해야 호스슈만 게잡이 때나 아니면 캐필라노 강가에 단풍이 곱게 물들 때 정도였다. 하지만 그때도 차량이 이렇게까지 밀리지는 않았다. 밀려보아야 '지혜의 숲' 중간 정도까지 이어질 뿐이었다. 그런데 오늘은 달랐다. '지혜의 숲'을 벗어나 스탠리공원 입구까지 길게 뻗어 있었다. 바로 캐필라노강으로 돌아오는 연어들을 맞이하기 위한 축제가 시작된 것이었다.

"마치 굼벵이들이 먹이를 먹으려고 길게 줄을 지어 움직이는 것 같아."

조금 전 라이언스 게이트 브리지를 지나 한차례 버라드만으로 비행을 나갔다가 돌아온 동료 샐리가 말했다.

"굼벵이들은 엉덩이에서 시커먼 연기를 토해내지도 않아."

샐리의 말에 리처드 몰은 고개를 끄덕이며 가마우지 특유의 긴 부리를 움직였다.

"매연은 정말 지독해. 인간들은 항상 새들의 둥지를 침범하거나 공기를 더럽히는 나쁜 짓만 할 뿐이야. '지혜의 숲'에 살던 비버들이 사라진 것도 모두 다 그놈의 자동차 매연 때문이라고."

언젠가 출근시간에 라이언스 게이트 브리지에서 난 사고 현장 속으로 들어갔던 리처드 몰은 당시 기억이 되살아났다.

그는 차들이 줄줄이 밀려 있는 것에 호기심이 생겨 그곳으로 날아가다 봉변을 당했다.

"정말 그때는 대단했어. 다리 오른쪽 편에서 차량 한 대가 고장나서 멈추어 섰을 뿐인데, 밀리기 시작한 차들이 출근시간이 지난 뒤에도 '지혜의 숲' 일대를 온통 시커먼 매연으로 뒤덮었지."

리처드 몰은 다시는 생각하고 싶지 않다는 듯이 몸을 잔뜩 움츠렸다가 폈다. 그날은 안개마저 쉬이 걷히지 않았다. 자동차 매연이 가득차 새들은 숨조차 크게 쉴 수 없었다. 무엇보다 견딜 수 없는 고통은 시커먼 연기를 토해내는 자동차들이 꼼짝도 하지 않고 지르는 비명소리였다. 쇳소리로 가득찬 소음은 새들의 고막을 자극했다. 더욱이 사고가 난 때는 텃새 로빈의 산란기였다. 그 일로 인해 신경이 예민한 로빈의 산란율은 급격히 떨어졌고 회복하는 데 많은 시간이 걸렸다.

오늘은 그 불행한 사태에 버금갈 만큼 차들이 엄청 밀려들었다.

"이제 곧 또다른 문제가 생길 거야, 틀림없이! 인간들이 많이 모이면 그곳에는 항상 일이 일어나기 마련이지."

가마우지 리처드 몰은 발아래 늘어선 행렬을 보며 샐리에게 말했다. 샐리도 동의한다는 듯이 고개를 끄덕이며 리처드 몰의 비행 방향을 따라 날개를 굽혔다. 친구와 함께 하늘을 난다는 것은 즐거운 일이었다. 그러려면 세심한 주의가 필요했다. 조금만 주의를 게을리해도 주변 공기를 뒤흔들어 친구의 비행 진로를 방해하거나 혼란스럽게 만들었다.

가을바람이 불기 시작하면서부터 캐필라노강 주위가 소란스러워졌다. 캐필라노계곡에서 태어난 연어들이 거친 태평양에서 생활하다 다시 밴쿠버만으로 되돌아오는 시기였기 때문이다. 연어의 회귀는 밴쿠버에 인간들이 들어오기 이전부터 되풀이되어온 본능이었다.

가마우지들은 이때가 일년 중 가장 즐거웠다. 연어들이 몰려들면 바다는 새로운 먹이로 가득찼다. 특히 크기가 30센티미터 정도 되는 무지개연어는 가마우지들에게 훌륭한 먹잇감이었다. 무지개연어가 나타나면 가마우지들은 수면 위를 분주히 날아다니며 만찬을 즐겼다. 일년 중 가장 풍요로운 때였다.

그에 맞추어 인간들도 축제를 준비했다. 지난 월요일부터 캐필라노계곡 주변 곳곳에는 천막이 들어섰고 사람들도 부산스럽게 오갔다. 이때 가마우지 무리 사이에는 특별경계령이 내려졌다. 인간들이 모여들기 시작하면 평화롭던 숲은 이내 살벌한 살육장으로 변해버릴지도 모르기 때문이었다.

새들은 캐필라노계곡 일대의 숲을 '공존의 숲'이라 불렀다. 좁은 협곡으로 이어진 캐필라노강을 따라 침엽수들이 자라나서 형성된 숲으로 밴쿠버에 사는 새들은 물론 철새들도 자주 찾는 곳이었다. 그뿐 아니라 코요테를 비롯해 다른 동물들도 함께 살고 있었다. '공존의 숲'에서는 싸움이 금지되어 있었다. 여러 동물이 모여 사는 만큼 문젯거리를 최소화하기 위해서였다. 그런데도 규칙을 어기는 동물들이 가끔 나타났다.

그 가운데에서도 가장 문제되는 동물은 고양이였다. 그들은 인근 웨스트밴쿠버나 노스밴쿠버에 살던 고양이들로 인간의 집에서 탈출한 놈들이었다. 그들은 평소 주택가 근처를 배회하면서 생활하다가 축제 때가 되면 캐필라노계곡으로 몰려왔다. 강을 따라 올라오는 연어들을 먹기 위해서였다. 하지만 그들이 나타났을 때 연어들이 강을 거슬러오르지 못하는 경우도 있었다. 삼년 전 가을이 바로 그랬다.

"정말 끔찍했어. 그때 고양이들이 캐필라노강에 나타났을 때 새들이 몇 마리씩 사라졌지. 수북한 깃털, 선명한 핏자국과 함께."

스탠리공원 입구까지 나갔다 돌아오면서 리처드 몰은 그때를 생각하며 퍼덕이던 날갯짓을 멈추고 바람에 몸을 맡겼다. 깃털 사이를 가르는 바람은 어느새 그때의 일을 그에게 속삭이고 있는 듯했다.

"숲이 완전히 살육장으로 변해버린 거구나. 그런데 왜 고양이들은 그런 일을 저지른 거야?"

동료 샐리도 바람에 귀를 기울이면서 리처드 몰에게 대답을 재촉했다.

"캐필라노댐에서 물이 방류되지 않아 문제가 되었던 거야. 그해에는 무척 가물었거든. 댐의 물이 우기까지 모자랄지도 모른다는 소문이 돌았지. 강물이 줄어들면서 연어들이 계곡을 오르기가 쉽지 않았어."

리처드 몰의 말에 샐리는 고개를 끄덕이며 되물었다. 자신이 이해한 것이 맞는지 확인하기 위해서였다.

"연어를 기다리던 고양이들이 새들의 둥지를 습격한 거구나?"

"그렇게 된 거지. 한 이주 지나 비가 내리는 바람에 참상은 끝이 났는데, 그사이 숱한 새들이 피해를 입었지. 그래서 연어 축제가 다가오면 경계령이 내려지는 거야."

샐리는 밴쿠버 출신이 아니었다. 그는 리처드 몰의 말을 들으며 캐필라노계곡의 비극을 가슴에 새겨두었다. 빅토리아 출신인 샐리는 밴쿠버에서 생활한 지 이제 겨우 팔 개월밖에 되지 않았다. 그만큼 도시생활이 낯설고 힘들었다. 이 도시는 샐리에게 많은 일을 경험하게 해주었다. 한나절이 지나지 않아서 샐리는 다시 한번 혼란스러운 일에 빠졌다.

가마우지 리처드 몰과 샐리가 강을 거슬러오르는 연어들의 모습을 보기 위해 해변의 숲을 떠나 캐필라노강으로 산책비행을 나선 것은 그날 정오 무렵이었다. 구월의 오후는 무척 지루했다. 서머타임이 밴쿠버의 해를 공중에 묶어놓은 탓이었다. 아침이 일찍 시작되어 오후 여덟시가 되어도 해는 여전히 하늘에 떠 있었다. 긴 낮시간 동안 할일이 없던 두 마리의 가마우지는 따분했다. 그들은 캐필라노계곡을 탐험하기로 했다.

"요즘 연어들의 행동이 이상해졌어!"

캐필라노계곡을 거슬러오르기 위해 북쪽으로 진로를 잡은 리처드 몰이 샐리에게 말했다.

"어떻게 이상해졌다는 거지?"

리처드 몰의 날개에서 60센티미터 떨어진 곳에서 나란히 비행하던 샐리가 물었다.

"옛날에는 계곡을 떠난 연어들이 태평양에서 몇 년을 지낸 뒤에 이곳으로 돌아왔어. 그들이 돌아오는 시기는 조금 차이가 있어도 모두 태어났던 곳으로 돌아왔는데, 지금은 꼭

그렇지만은 않아."

연어의 생태에 대해서는 샐리도 어느 정도 알고 있었다. 바닷가에서 먹이 사냥을 하는 대부분의 새들이 태어나자마자 끊임없이 듣는 이야기였다. 알에서 깨어나 강을 내려가는 어린 연어들은 도요새 무리를 비롯해 몸이 작은 새들의 중요한 먹잇감이었다. 그들은 얼음이 녹는 삼월 무렵부터 태평양으로 흘러드는 대부분의 강에 등장해 수천, 수만 마리가 떼를 지어 바다로 향했다.

그들이 바닷속에서 어떻게 생활하는지는 가마우지들도 알 수 없었다. 다만 그들이 혼인색으로 변신하고 몸길이가 커질 대로 커지면 태어났던 강기슭에 모습을 다시 나타냈다. 그때는 가마우지들이 그들을 환영했다. 30센티미터가량으로 자란 무지개연어들은 부리로 낚아채기 힘들지만 그보다 작은 놈들은 가능했다. 그래서 가마우지들은 연어가 돌아올 때가 되면 강가에 모여 강을 거슬러오르는 연어를 잡았다.

샐리는 어린 시절 먹이 사냥법을 가르쳐주던 교관의 가르침을 아직도 기억하고 있었다.

"연어를 잡을 때는 강 하구를 먹이 사냥터로 선택하라. 연어는 떼를 지어 오르므로 가장 손쉽게 잡을 수 있다. 다이빙을 대충해도 부리 끝에는 연어 지느러미가 펄떡일 것이다."

그러나 리처드 몰의 말대로라면 그런 교관의 가르침은 이제 바뀌어야 할지도 모른다는 생각이 들었다.

"바다에서 돌아오지 않는다면 어디에 있다는 거야?"

샐리는 리처드 몰을 향해 부리를 돌려서 물었다.

"그냥 바다에 머무는 놈들이 생겼어. 그들은 강으로 올라가지 않고 민물이 흘러드는 강 하구에서 종족을 번식하는 방법을 찾은 것 같아."

리처드 몰의 대답이 조금 미심쩍었다.

"연어가 바다에서 부화를 한다고? 그럴 리가 없어. 그들은 알에서 깨어나 강물이 풍기는 독특한 냄새를 기억한다고 했어. 우리 새들이 하늘을 날아야 한다는 것을 기억하고 있듯이 말이야."

샐리는 도시에 들어와 살면서 이상한 일을 수없이 겪었지만 연어가 고향으로 돌아가지 않으려 한다는 사실은 받아들이기 힘들었다. 아무래도 미심스러웠다. 그런 샐리의 생각을 읽기라도 한 것처럼 리처드 몰이 요즘 밴쿠버 일대에서 벌어지고 있는 일을 친절하게 알려주었다.

"사실이야. 세상에는 예외라는 것도 있지. 우리 새들 가운데 어떤 새들은 날아다니는 것보다 걷는 것에 충실하려는 종족들이 있다고 들었어. 연어들 가운데에도 고향으로 돌아가는 것을 까먹고 살아가는 놈들이 있다는 거지."

샐리는 리처드 몰의 말이 맞을지도 모른다고 생각했다. 그러자 갑자기 등줄기로 서늘한 기운이 스치고 지나갔다. 그러고는 기다란 목을 타고 올라가 샐리의 머릿속에 숨어 있는 공포를 건드렸다. 도시생활에 푹 빠져 고향으로 되돌아가는 법을 잊어버릴지도 모른다는 두려움이었다. 샐리에게도 연어와 같은 귀소성이 있었다. 젊어서 한때 도시생활을 경험한 뒤 죽을 때는 고향에 가서 죽고 싶었던 것이다. 그런데 귀소성을 잊어버릴 수도 있다는 생각이 들자 불현듯 도시가 무서워졌다.

공포심이 엄습하자 샐리는 자신도 모르게 날개를 꺾었다. 그의 비행이 급속히 불안해지면서 고도가 떨어졌다. 발아래 펼쳐졌던 캐필라노계곡이 눈앞으로 확 다가왔다. 샐리는 서둘러 날개에 힘을 넣었다. 그는 가까스로 리처드 몰의 날개 끝에 자신의 부리를 가져다댈 수 있었다.

샐리의 행동에 리처드 몰은 이마를 찌푸렸다. 비행중에 그런 추태를 보이는 샐리가 이상하다는 표정이었다. 그래서 샐리는 입 밖에 내지 말아야 할 단어를 내뱉었다.

"만약 그게 사실이라면 정말 큰일이군. 어쩌면 연어가 먹이인 새들 사이에서 커다란 '전쟁'이 일어날지도 모르겠는데?"

전쟁이라는 샐리의 말에 리처드 몰이 날개를 크게 휘저었다. 밴쿠버 새들 사이에서는 결코 입에 올려서는 안 되는 금기어였다. 그 단어가 밴쿠버 하늘에서 사라진 지는 벌써 백년이 넘었다. 미련하고 어리석기 그지없는 무모한 그 말은 탐욕스러운 인간들이나 써야 하는 단어였다. 그런데 동료 입에서 그 말이 튀어나오자 놀라지 않을 수 없었다.

"전쟁이라니? 어떻게 그런 위험한 말을 입에 담을 수 있지?"

리처드 몰은 가슴 밑바닥부터 올라오는 충격에 자신을 잊어버리지 않으려고 동료를 몰아붙였다.

"현실을 직시해야 돼. 내가 살던 빅토리아나 저멀리 로키 산맥에서는 겨울철에 눈이 내리면 먹이 때문에 새들끼리 다툼이 일어나. 인간들처럼 서로가 서로를 죽이지는 않지만 싸움에서 진 새들은 사냥 구역을 잃게 되지. 그들이 혹독한 겨울을 나는 동안 많은 동료는 그들이 굶어죽어가는 것을 지켜봐야만 해. 우리 가마우지들이 그런 위험에 빠진다면 너는 가만히 있을 거니?"

샐리의 단호하고 명확한 대답에 리처드 몰은 입을 다물었다. 그도 동료와 자신의 무리가 위험에 처한다면 뭐라도 할 것임에는 틀림없었다. 그러나 전쟁에 참여할지는 의문이었다.

"가만있지는 않겠지. 하지만 먹이 때문에 다른 새들과 싸우고 싶지는 않아. 연어 대신 다른 먹이를 찾는 쪽을 택하겠어. 여기 밴쿠버는 겨울철에도 먹이가 많이 있어. 고기가 없으면 차라리 딱딱한 나무 열매를 부리로 쪼겠어."

리처드 몰의 대답에 샐리는 도시에서 오랫동안 생활한 새들은 확실히 야생에서 살아가는 새들과 차이가 있다고 생각했다. 그런데 왜 연어들이 강으로 돌아가지 않기 시작한 것인지에 대한 의문은 여전히 남아 있었다.

"그런데 말이야, 리처드. 왜 연어들이 자신이 태어난 강으로 돌아가지 않는 거지?"

"아직 아무도 몰라. 소문에는 강물이 오염돼서 그들의 기억력이 변해버렸다고 하기도 하고, 또 일부에서는 그들이 모두 부화장에서 부화한 탓이라고도 해."

부화장이라는 말에 샐리는 또다시 혼란스러웠다. 그는 밴쿠버로 흘러든 이래 언어적 혼란을 숱하게 겪었다. 먼저 스카이트레인이라는 낯선 교통수단부터 하버 브리지, 시버스(sea bus) 등 빅토리아에서는 접할 수 없던 단어들이 수없이 새들의 입에 오르내렸다. 그때마다 그는 그 의미를 명확히 알 수 없었다. 마치 밴쿠버 이민자들이 처음 영어를 접하고 당황해 그렇듯이 샐리도 한동안 입을 굳게 다물고 살았다. 어떻게 보면 지난 팔 개월 동안 샐리의 생활은 그것을 극복하는 과정이었다. 그런데 또 그런 단어를 접한 것이다.

"아, 샐리. 너는 캐필라노계곡에 있는 연어 부화장에 대해 잘 모르지? 여기는 말이야, 연어가 강 상류로 올라가서 알을 낳는 곳이 아니야."

부화장은 샐리의 이해력을 넘어선 단어였다. 그런데 리처드 몰의 말은 그보다 훨씬 더 이해하기 어려웠다. 강 상류가 아니라면 도대체 어디서 알을 낳는다는 말인가.

밴쿠버에는 확실히 빅토리아 시골 출신 가마우지를 농락하기 위한 장치들이 곳곳에 숨겨져 있는 것이 분명했다. 그런 샐리의 고민을 덜어주기 위해 리처드 몰은 설명을 계속했다.

"캐필라노강에는 슬픈 사연이 있지. 옛날에는 강 길이가 상당했는데, 계곡 중간에 댐이 생기면서 문제가 생겼어. 연어들이 고향으로 돌아갈 수 없게 된 거야. 연어가 돌아오지 않는 강은 얼마나 슬프겠어. 물속 생물들도 하나둘씩 떠났어. 당황한 인간들이 연어를 강으로 돌아오게 하기 위한 방법을 찾았는데, 그게 바로 연어 부화장을 만드는 거였어."

리처드 몰의 설명이 길어지자 샐리가 중간에 말을 잘랐다.

"연어 부화장? 그게 뭔데?"

"인공으로 연어알을 부화하는 곳이야."

"연어알을 인공적으로 부화한다고? 인간이 어떻게 그렇게 할 수 있지?"

"캐필라노댐 입구에 가면 부화장이 있어. 그곳에서 인간들이 연어를 잡아서 수정을 시키지. 그런 다음 알에서 깨어난 연어들을 키우다가 봄이 되면 캐필라노댐 아래에 방류해 바다로 돌려보내는 거야. 그 연어들은 댐 위로 갈 수 없어. 부화장까지가 그들 여행의 마지막 종착지지."

리처드 몰의 설명에 샐리는 가만히 고개를 끄덕였다. 댐이 생기면서 물길이 끊어지자 연어를 보호하기 위해 인간이 나름대로 생각한 방법이라고는 하지만 아무래도 이상했다. 자신이 닿아야 할 곳에 닿지 못하는 생명체란 죽은 것이나 다를 바 없었기 때문이다.

그제야 샐리는 바다에서 강으로 돌아오지 않으려고 하는 연어들을 조금이나마 이해할 수 있었다. 그들은 자신들의 원래 고향을 잃어버린 자들이었다. 그들은 자신이 가야 할 곳을 잃어버리고 중간에서 그냥 머물러 사는 경우가 많았던 것이다. 마치 밴쿠버 사람 가운데 많은 사람이 자신의 고향으로 돌아가는 것을 잊고 도시에 갇혀 살듯이.

*

사건이 일어난 현장은 캐필라노계곡 끝이었다. 캐필라노계곡은 빙하의 침식으로 생긴 협곡이었다. 퇴적암이 오랜 세월 동안 침식되면서 양쪽으로 제법 높은 계곡이 만들어졌다. 계곡 아래는 강물이 흘렀다. 강물에서 계곡 끝까지는 거의 수직에 가까운 단애들이 발달해 아름다운 경치를 자랑했다. 캐필라노계곡 끝에는 밴쿠버 명물 가운데 하나로 소문난 서스펜션 브리지라 불리는 흔들다리가 있었다.

서스펜션 브리지는 협곡 양쪽을 연결하는 다리로 길이가 137미터였다. 현수교처럼 계곡 양쪽에 높다란 기둥을 세우고 나무로 만든 널판이 이어져 있는데, 사람들은 그 널판을 밟고 건너다녔다. 폭은 기껏해야 2미터 남짓으로 두 사람이 겨우 비켜갈 정도의 너비에 지나지 않았다. 새들은 서스펜션 브리지를 체험의 다리라 불렀다.

"간단하게 말해서 사람이 공중에 떠 있는 것을 체험해보고 싶어서 만든 다리라고 생각하면 돼."

캐필라노계곡을 올라오면서 리처드 몰이 캐필라노 서스펜션 브리지에 대해 설명했다.

"인간들은 왜 그런 체험을 하고 싶어하는 거지?"

샐리는 이마에 닿는 계곡의 신선한 바람을 즐기기 위해 가능하면 짧게 말했다. 계곡을 타고 올라오면서 느끼는 코끝에 닿는 바람은 평소 샐리가 경험하던 바닷가 바람과는 달랐다. 무엇보다 습기가 없어 날개 끝에 닿는 촉감이 부드러웠다. 게다가 비릿한 냄새도 사라지고 산뜻한 나무 향기가 코끝에 맴돌아 절로 기분이 좋아졌다. 그런 기분을 아는지 모르는지 리처드 몰은 설명을 이어갔다.

"'지혜의 숲'에 사는 현자 러레인 선생 말로는 인간은 늘 하늘을 날아다니고 싶어하는 꿈을 꾼다고 했어. 하지만 그들은 날개가 없잖아. 그래서 하늘을 날 수 있는 장치를 다양하게 만들었다고 하더군. 비행기를 비롯해 케이블카, 그라우스 산을 오르내리는 리프트 등이 대표적이라고 할 수 있지."

"그럼, 오늘 우리가 보게 될 다리도 그런 것 가운데 하나인가?"

"그런 셈인데, 그것보다는 덜 발달한 거라고 생각하면 돼. 역사가 오래되었다고나 할까? 아까 말한 것들은 동력으로 움직이는 거라면 이건 지나다니는 사람들이 자신의 두 다리를 움직여서 공중을 왔다갔다할 수 있게 만들어놓은 거야."

샐리는 리처드 몰의 말에 나름대로 캐필라노 서스펜션 브리지에 대해 생각을 정리했다.

"날개가 없는 인간이 공중을 가로지른다? 일종의 초보 비행인 셈이군. 그런데 비행치고는 너무 이상하다. 비행하는 자는 자기 발아래 아무것도 두지 않아야 한다는 하늘 고유의 법칙이 있는데……."

"그렇지. 그래서 내가 공중을 체험하는 거라고 한 거야."

리처드 몰의 친절한 설명에 샐리는 인간의 꿈이 이루어지기를 기원한다는 듯이 중얼거렸다.

"부디 그곳을 체험한 인간들은 모두 공중을 제대로 날아다닐 수 있게 되기를 하늘의 신에게 빌어줘야겠군."

인간들 속담에는 "말이 씨가 된다"라는 말이 있다. 평소 말하는 대로 이루어진다는 이 말은 "모든 세상은 하늘에서부터 시작된다"는 밴쿠버 새들의 격언만큼이나 유명하다. 이 속담이 정말 사실이라면 어쩌면 그 사건은 가마우지 샐리의 말에서부터 시작되었는지도 모른다.

샐리가 자신의 생각을 중얼거리고 고개를 들었을 때 마침내 문제의 현장이 한눈에 들어왔다. 서스펜션 브리지는 샐리가 생각했던 것보다 엄청나게 길었다. 훈련장치고는 너무 크다는 생각이 들었다. 몇 사람이 공중을 걸어가는 훈련을 하는 것이 보였다. 샐리가 그 장면을 좀더 가까이 보기 위해 접근하려고 하자 리처드 몰이 말했다.

"조심해! 다리 근처로 접근하지 않는 것이 좋아. 밧줄 때문에 난기류가 심해. 그리고 무엇보다 다리가 좌우로 움직여서 위험해. 바람에 조금씩 흔들리는데, 그로 인해 사고가 날 수 있어."

그 말에 샐리는 가까이 접근해서 다리를 관찰하려는 것을 포기해야만 했다. 그는 인간이 공중을 걸어다니며 어떻게 비행 체험을 하는지 정말 궁금했다. 하지만 그 궁금증을 풀기 위해 목숨을 걸 만큼 미련하지는 않았다. 인간들 역시 마찬가지였다. 인간들은 다리를 건널 때 두 손으로 밧줄을 잡고 흔들거리는 다리를 조심스럽게 건넜다. 그들 역시 자신들 목숨에는 엄청 집착했다.

그 모습을 보며 샐리는 자신도 모르게 입가에 미소를 지었다. 하지만 그런 미소도 잠시였다. 입가에 지은 그의 미소가 캐필라노계곡을 지나는 바람에 흩어지기도 전에 샐리는 입을 커다랗게 벌려 온 계곡을 뒤흔들듯이 커다란 비명을 질렀다. 아니 그것은 샐리의 음성만이 아니었다. 리처드 몰도 거의 동시에 소리를 질렀다.

"위험해!"

"아니, 어떻게 저런 일이……."

그들의 시선이 동시에 머문 곳은 다리 위였다. 그곳에서는 긴 머리의 여인이 미친듯이 고함을 지르며 울부짖고 있었다. 여자의 어깨 위에 있던 아이가 순식간에 다리 난간 밖으로 떨어졌던 것이다. 아이는 강보에 싸인 채 그대로 허공으로 떨어졌다. 너무나도 순식간에 벌어진 일이었다.

"저, 저게 무, 무슨 미친 짓이야. 날개도 없는 생명을 공기 속으로 밀어넣다니…… 우, 우리 새들도 저런 식으로 공중을 나는 체험을 시키지는 않아!"

리처드 몰은 흥분해 말을 더듬었다.

"공중을 나는 체험이라니…… 비행을 하려면 최소한 이륙 연습이 필요해. 저건 비행이 아니라 추락이야. 그냥 어깨에서 흘러내린 거라고."

샐리와 리처드 몰의 견해는 엇갈렸지만 논쟁을 하고 있을 시간이 없었다. 70미터가 넘는 계곡 아래로 수직 낙하한 아기가 궁금했다. 다리 위에 있던 사람들도 마찬가지인 모양이었다. 비명을 지르던 사람들 모두 계곡 아래로 고개를 떨구고 있었다. 다리 위의 많은 사람이 하나둘씩 모이더니 웅성거리기 시작했다. 캐필라노계곡 양편에 있던 관광객 모두 뛰어나와 계곡 아래로 시선을 모았다.

*

"내 생각에는 말이야. 저건 인간의 무모함을 단적으로 드러낸 행동이라고 생각해."

단정짓듯 말을 꺼낸 새는 갈매기 폴라였다. 그는 인간에 대한 증오로 가득했다. 인간은 그의 삶에 상처를 주는 존재들이었다. 폴라는 인간의 행동을 분석하는 '지혜의 숲' 회의에서 과격한 발언을 서슴지 않았다. 까마귀 린다마크는 그를 이해했지만 왠지 신중할 필요가 있다고 생각했다. 그래서 그는 조심스레 신중론을 이야기했다.

"나는 그렇게 생각하지 않아요. 나름대로 분명한 이유가 있을 겁니다. 오늘 아침 거리에 굴러다니는 신문에 생각보다 많은 양의 기사가 실렸어요. 그만큼 사건이 복잡한 양상을 띠고 있다는 것을 뜻합니다."

까마귀 린다마크가 신중론을 펴자 갈매기 폴라는 불쾌하다는 듯이 목청을 높여 말했다.

"린다마크! 너는 인간의 말을 읽을 수 없잖아. 신문 기사는 아마도 자신들의 무모함을 자책하는 인간들의 말로 가득할 거야."

새들의 대책 회의가 쓸데없는 논쟁으로 번지는 것을 막기 위해 부엉이 러레인은 장내를 정리하겠다는 듯이 날개를 크게 한 번 공중으로 펼친 뒤에 특유의 구부러진 부리를 움직여 주위를 끌었다.

“여러분의 의견은 알겠어요. 어느 쪽 의견이 되었든지 우리는 지금 냉철하게 분석해야 해요. 이번 캐필라노 사건은 어떻게 보면 인간이 지금까지와는 다른 방식으로 우리 새들의 고유 영역인 하늘을 침범한 거예요. 만약 이게 어떤 사건의 징조라면 대책을 마련해야 해요. 우리 대에 일어나지 않을지라도 다음 대에게는 심각한 위협이 될 수도 있어요. 그런 뜻에서 가마우지 대표로 나온 리처드 몰과 샐리는 다시 한번 사건의 전개과정을 설명해주세요.”

‘지혜의 숲’ 연필향나무 주위로 모여들었던 밴쿠버 새들은 러레인 옆에 앉아 있는 두 마리의 가마우지에게 일제히 시선을 모았다. 수많은 새가 자신들을 바라보자 두 가마우지는 당황했다.

밴쿠버 출신이 아닌 샐리는 긴장했는지 긴 목을 좌우로 한 번 흔든 다음 입을 열었다.

“처음에 저는 추락 사고인 줄 알았습니다. 그 정도 높이에서 날개도 없이 수직으로 내려간다는 것은 추락이 분명하다고 판단했지요. 저는 밴쿠버에 온 지 얼마 되지 않아 잘 모르

겠습니다만 제가 사는 빅토리아에서는 그 경우 생물체는 지상에 닿자마자 형체를 알아볼 수 없을 정도로 심하게 훼손되는 것이 보통이었습니다."

샐리는 자신이 본 것을 장황하게 설명했다. 내용은 간단했다. 공중으로 떨어진 아이가 아무렇지 않게 살아났다는 것, 날개도 없는 인간이, 그것도 이제 겨우 두 돌 갓 지난 아이가 70미터가 넘는 상공에서 떨어져 살았다는 것이다. 기적에 가까운 일이었다. 아이는 인간들이 쓰는 그 흔한 머리 보호대도 착용하지 않았다. 낙하산 같은 것을 등에 지고 뛰어내린 것도 아니었다. 그런데도 멀쩡히 살아 있었고 더욱 놀라운 것은 크게 다치지도 않았다는 사실이었다. 이 일을 논의하기 위해 이른 아침부터 밴쿠버 새들 대표가 '지혜의 숲'에 모인 것이었다.

"저도 그 장면을 아주 똑똑히 보았어요. 아이가 떨어지는 장면을. 그의 비행을 방해한 게 딱 하나 있었어요. 캐필라노 계곡에 사는 비둘기들은 알 겁니다. 계곡에서 자라는 커다란 잣나무들을. 그 가지 끝에 아이가 잠시 스쳤다가 떨어졌습니다. 가지가 휘청거리면서 아래로 늘어지는 것처럼 보이더니 지상으로 추락하던 아이가 다시 위로 치솟아오르더군요. 마치 우리 새들처럼 날갯짓을 하는 것 같았어요."

샐리가 말을 마치자마자 리처드 몰도 자신이 본 것을 상세히 설명했다. 리처드 몰은 어린아이의 행동을 비행의 일부처럼 묘사하면서 다른 새들에게 이야기했다. 비행하지 않고는 캐필라노 다리 위에서 계곡 아래까지 무사히 내려오는 일은 불가능했기 때문이다. 지금 리처드 몰이 느끼는 감정을 '지혜의 숲'에 모인 대부분의 새들도 느끼고 있었다.

리처드 몰의 말이 끝나자 부엉이 러레인이 토론의 핵심을 새들에게 상기시켰다.

"현장을 가장 가까이에서 본 가마우지 리처드 몰의 말처럼 이 사건은 인간의 비행에 대한 것입니다. 우리는 지금까지 밴쿠버에 살면서 많은 것을 인간에게 양보했습니다. 사랑하는 숲을 비롯해 먹이, 심지어 우리 고유의 영역인 하늘까지도 그들의 기계 장치들이 침범해 돌아다녀도 참아왔습니다. 그런데 이번 캐필라노계곡 사건은 지금까지의 사건과는 전혀 다른 각도에서 살펴볼 필요가 있습니다."

한동안 새들 사이에 침묵이 흘렀다. 침묵을 깬 것은 까마귀 린다마크였다.

"어떤 각도로요?"

"먼저 그 비행을 시도한 인간이 어린아이라는 점이 문제입니다. 여러분도 알다시피 갓 태어난 생명은 모든 것을 익히는 교육기를 거칩니다. 인간이 그런 아이에게 비행을 시도하게 했다면 지금까지 살아오던 방법과는 다른 식으로 미래를 열려고 하는 것으로 봐야 합니다."

"그렇게 되면 안 그래도 공격적인 인간들이 우리 새들에게 더욱 위험한 존재가 될 것인데……."

러레인의 말에 린다마크가 걱정스럽게 말했다. 러레인도 린다마크의 우려에 동의한다는 듯이 말을 이었다.

"바로 그겁니다. 이번 사건은 어쩌면 그들이 본격적으로 하늘로 진출하기 위해 어린아이 때부터 비행을 익히려고 시도한 것이 아닐까 합니다. 만약 그게 사실이라면 우리는 인간과의 전쟁을 선포해야 합니다."

순간 '지혜의 숲' 회의에 참석한 새들의 표정이 굳어졌다. 전쟁이라는 무시무시한 단어에 놀라 대부분 눈을 커다랗게 떴다. 몇몇 새는 나뭇가지 위에서 뛰어올라 날개를 퍼덕였다.

새들을 진정시킨 것은 기러기 대표로 참석한 로버트 할리였다.

"아직 그렇게까지 걱정할 필요는 없습니다. 전쟁을 함부로 시작할 만큼 우리 새들은 미련하지 않습니다. 아직 사태를 명확하게 파악하지 못했습니다. 이번 일에 대해 인간들이 떠들고 있지만 무엇 때문인지는 잘 모릅니다. 그래서 우리가 이렇게 회의를 소집한 것이 아닙니까. 밴쿠버 새들이 해야 할 일을 결정하기에 앞서 이 사태를 좀더 지켜봐야 한다고 생각합니다."

로버트 할리는 잠시 말을 끊었다가 다시 이었다.

"그동안 인간은 몇 차례 무모한 비행을 시도했습니다. 그때마다 그들이 어떻게 되었는지를 기억해야 합니다."

기러기 로버트 할리의 말이 끝나자 새들은 조금씩 진정하기 시작했다. 그렇다. 아직 사건의 본질이 명확하게 드러난 것이 아니었다. 그날 '지혜의 숲'에서 내린 결론은 간단했다. 캐필라노계곡의 상황을 좀더 지켜본 뒤에 새들의 앞날을 논의하기로 했던 것이다. 이후 새들은 캐필라노 사건을 추적했다.

시간이 흐르자 사건이 보다 명확하게 드러나기 시작했다. 노스밴쿠버 경찰서 지역에서 사냥하는 까마귀떼로부터 계속해서 보고가 들어왔다. 사건 후 가장 바쁘게 돌아다닌 것은 그들이었다. 캐필라노계곡에서 아이를 데리고 갔던 이들이 노스밴쿠버 경찰서 사람들이었으며 사건과 관련된 주변 사람들 역시 그곳 경찰서를 드나들었기 때문이다. 몇 가지 사실이 새롭게 밝혀졌다. 아이 부모가 사건의 핵심으로 떠올랐다.

“인간들의 관심은 비행한 아이도 아이지만 부모에게 더 집중되어 있었습니다. 우리가 관찰한 바로는 아이는 병원으로 이송되었다가 바로 퇴원했습니다. 그리고 언론의 감시망에서 벗어나 있었습니다. 대부분의 인간은 아이의 부모에게 관심을 보이고 있습니다.”

두번째 열린 ‘지혜의 숲’ 대책 회의에서 노스밴쿠버 까마귀 연락병 우드 앨런은 천천히, 그러나 간략히 문제의 핵심을 짚었다. 그의 설명을 듣던 러레인이 물었다.

“그 아이 부모에게 관심이 집중되는 이유는 무엇인가?”

러레인의 질문에 연락병 우드 앨런은 정보를 계속 늘어놓았다.

“우리가 가진 정보로는 엄마와 아빠의 문제로 아이가 비행을 한 것 같습니다.”

러레인은 쉽사리 이해되지 않아 고개를 갸웃거렸다. 그러나 이어지는 우드 앨런의 말에 고개를 끄떡이지 않을 수 없었다.

“우리가 관찰한 바에 따르면 아이는 그날 병원으로 이송된 뒤 부모와 격리되었습니다. 신문과 방송이 처음 추적한 것은 아이의 엄마였어요. 다리 위에서의 행동이 문제가 되었습니다. 느닷없이 아이를 비행하게 만들었다는 거예요. 아이는 처음에 다른 아이와 함께 나타났는데요. 비행을 한 아이의 오빠라고 알려졌지요. 두 아이는 손을 잡고 걸었는데, 갑자기 다리 위에서 작은 아이를 어깨 위로 올렸고 이내 사건이 벌어졌습니다."

우드 앨런의 설명을 듣던 러레인은 잠시 생각에 잠겼다. 새들이 생각하지 못한 어떤 문제가 그 사건에 숨어 있는 것 같았다. 그래도 짚고 넘어가야 할 것이 있었다. 그는 서둘러 그것을 확인했다.

"그 내용은 어떻게 확인한 거지?"

"캐필라노계곡 전망대에 비디오카메라가 달려 있었는데, 그 당시 일이 녹화되어 있었다고 합니다. 문제의 장면은 밴쿠버 텔레비전에도 몇 차례 방송되었고요. 특히 요즘 경찰서에 몰려드는 신문기자들과 방송기자들은 아이 어머니에게 포커스를 맞추고 있습니다."

사건에는 여자가 숨어 있었다. 러레인은 인간들의 격언 하나를 떠올렸다. "인간의 절반은 여자이며, 나머지 인간도 모두 여자에게서 태어난다." 그 말은 모두 여자에게서 시작되었다는 말과 별반 다르지 않았다. 너무나 당연한 말을 인간은 무슨 중요한 사건의 단서가 되는 것처럼 떠들었다. 그런 인간의 습관을 탓하기 전에 해결해야 할 것이 있는 러레인이 질문하기 위해 걸음을 옮겼다.

"왜 아이 엄마가 문제가 된다는 거지?"

질문하는 러레인의 걸음걸이에 맞추어 우드 앨런이 말을 이어갔다.

"아직 확실한 건 아닌데, 아이를 일부러 비행하게 만들었다는 소문에 휩싸여 있는 것 같습니다."

"아이에게 일부러 비행을 시켰다고?!"

러레인이 목청을 높였다. 러레인은 어지간한 일에는 언성을 높이거나 당황하지 않았지만 더이상 가만있을 수 없었다. 고도로 정밀한 훈련이 필요한 비행을 일부러 시도하다니. 그는 인간을 도저히 이해할 수 없었다. 더욱이 70미터가 넘는 상공에서 날개도 없이 비행하게 한다는 것은 있을 수 없는 일이었다. 비행하는 생명체의 목숨이 달려 있는 문제였다.

러레인은 납득하기 위해 질문을 계속했다.

"우드 앨런, 나는 이해가 안 돼. 보고 내용이 이상하다는 것이 아니라 그 인간의 행동을 내 상식으로는 도무지 납득할 수 없다는 거야. 왜 그렇게 판단하는 건지 나에게 말해주지 않겠나?"

"우리 노스밴쿠버 까마귀들 생각에는……."

우드 앨런은 까마귀 무리가 관찰한 것을 이야기하려다 잠시 말을 멈추었다. '지혜의 숲' 현자가 당황하는 데는 나름 이유가 있을 것이라는 생각이 들어서였다. '지혜의 숲'에 보고하는 내용은 단 하나의 거짓도 없어야 하며 더군다나 개인적인 의견이 반영되어서도 안 되었다. 이는 새들의 오랜 전통이었다.

우드 앨런은 전통에 충실하기로 했다.

"먼저 노스밴쿠버 경찰들 행동입니다. 그들은 아이가 퇴원한 뒤 아이를 아동보호소로 격리 수용했습니다. 그곳은 부모에게 문제가 있을 때 아이들을 보호하기 위해 정부가 운영하는 곳입니다. 일반적으로 아이들을 엄마 품에서 지내게 하는 것과는 다른 조치입니다. 그곳에서 여러 심사를 거쳐 아이를 부모에게 돌려보내는데, 어제 아이 엄마를 첫 심사했다고 합니다."

우드 앨런의 말이 끝나자 러레인은 집요하게 캐물었다.

"그것이 아이 엄마에게 문제가 있다고 판단하는 근거인가? 아이 엄마에게 문제가 있다면 아이 아빠에게 보내면 되지 않나?"

"문제는 아이 엄마에게 쏟아지는 인간 사회의 관심이 전혀 엉뚱하다는 것입니다. 먼저 그녀가 아이를 일부러 비행하게 만들었다고 주장하는 사람들이 있는데, 그들은 그녀의 과거를 들먹이는 것 같습니다."

우드 앨런의 설명이 이어지자 러레인은 고개를 끄덕였다. 동의한다는 뜻이었다. 러레인은 알고 있었다. 인간의 과거. 참으로 곤란한 문제였다. 새들에게 과거가 문제되는 경우는 거의 없었다. 그들은 자연에 순응하고 그에 따라 행동하기 때문에 문제가 생기지 않았다. 그들의 과거는 신이 결정했다. 신이 잘못을 하지 않는 이상 새들은 과거 때문에 비난받을 이유가 없었다. 어느 신이 자신의 과거를 잘못했다고 말할 수 있는가.

"그래, 인간의 과거가 현재를 옭아매기도 하지. 그 여자의 어떤 과거가 문제된다는 거지?"

러레인은 고개를 끄덕이며 새로운 사실에 흥미를 보였다.

"여자는 몇 차례 결혼했다고 합니다. 방송과 신문에 그녀가 여러 남자와 찍은 결혼식 사진이 실렸는데, 그녀는 최근 또 새로이 결혼하기 위해 지금 남편과 다투고 있다 합니다."

"다시 결혼을 하기 위해 아이를 비행하게 만들었다는 말인가?"

복잡한 인간관계에 대한 이야기가 나오자 러레인은 머리를 연신 좌우로 흔들었다. 그리고 혼자 나직이 중얼거렸다.

'지혜의 숲' 현자 러레인도 인간관계는 이해하기 힘들었다. 그 가운데에서도 결혼은 더욱 이해하기 어려웠다. 결혼은 인간들만의 이상한 풍습이었다. 인간은 결혼을 통해 상대방에게 자기 소유의 낙인을 찍었다. 그 낙인이 찍히면 사랑하는 사람도 전혀 새로운 모습으로 변했다.

새들이라고 해서 사랑하는 새가 없는 것이 아니었다. 그러나 그들은 결혼으로 그 둘만의 관계를 유지하지 않는다. 남의 인정을 중요시하는 것이 아니라 상대방에게 얼마나 충실하고 있는지를 직접 행동으로 보여주면 되었다. 원앙새, 청둥오리, 비둘기는 결혼하지 않고도 둘만의 관계를 평생 잘 지켜나갔다.

러레인은 결론이 필요한 시점임을 깨달았다. 그는 우드앨런에게 다시 한번 확인했다.

"그러니까 그 사건은 결혼과 이혼을 하기 위해 아이를 제물로 삼았다는 건가?"

"저희 노스밴쿠버 까마귀들이 본 것으로는 그렇습니다."

"그럼, 크게 문제되지 않을 것 같은데, 인간들이 이렇게까지 떠드는 이유는 뭐야?"

기러기 대표로 참석한 로버트 할리는 자신이 물고 온 것을 부리로 가리키며 말했다. 오늘 아침자 〈밴쿠버 선〉 신문이었다. 거기에는 캐필라노 사건 주인공의 아이가 의사의 팔에 안겨 웃고 있는 모습이 실려 있었다. 로버트 할리는 아침 일찍 잉글리시만 옆에 있는 공원을 돌아다니다 신문을 발견하고 가져왔던 것이다.

"아마도 그 기사는 아이의 병과 관련된 기사일 거예요."

토론에 끼어든 친구는 다운타운을 돌아다니는 비둘기들의 대표 피터였다. 그는 밴쿠버 소식통이었다. 그가 속한 비둘기 무리는 시내 곳곳을 자유롭게 날아다녔다. 비둘기 무리에게 인간들이 경계심을 보이지 않는 덕분에 다운타운 곳곳을 돌아다니며 인간들 세상에서 생긴 일을 자세히 지켜볼 수 있었다.

피터는 이야기를 계속했다.

"우리가 아는 바에 따르면 그 아이는 다운증후군이라는 병을 앓고 있다는군요."

"다운증후군이라…… 그게 어떤 병이지?"

기러기 로버트 할리가 물었다.

"아이 사진을 자세히 봐요. 보통 인간과 얼굴이 다르다는 사실을 알 수 있을 겁니다. 눈초리가 올라가고 머리 형태가 일반 백인과는 다릅니다. 그 병을 앓는 인간의 전형적인 모습인데, 지능 발달이 늦고 성장해도 어린아이처럼 행동한다는군요."

피터는 자신이 알고 있는 지식을 모두 쏟아놓았다.

"어린아이처럼 천진난만하게 삶을 살 수 있는 병이군. 그런데 그 아이의 아빠도 계속해서 신문에 등장하는 이유는 뭔가?"

러레인이 끼어들어 사건의 핵심을 되짚었다. 러레인의 질문에 피터가 계속 설명했다.

"아이 아빠 직업과 관련이 있어요. 변호사인 아이 아빠는 이혼 소송중인데, 최대한 여론을 자신에게 유리하게 끌고 가기 위해 이번 사건과 관련해 다양한 소문을 만들어내고 있어요. 한 사례로……."

비둘기 피터의 목청이 높아졌다.

"아이 엄마를 향한 비난 가운데 하나는 캐필라노 흔들다리에서 아이를 어깨에 걸치고 밑을 내려다보았다는 건데, 그녀가 살던 레바논에서는 보편적으로 여인들이 아이와 함께 이동할 때 그렇게 한다는군요. 그들은 아이를 등에 업거나 안고 다니기보다는 옆구리에 끼거나 어깨에 걸치고 다닌다는군요. 그런데 여기서는 위험한 행동으로 규정되어 있어 그녀에게 비난의 화살이 쏟아지고 있는 거지요."

비둘기 피터의 설명에 새들은 고개를 끄덕였다.

사람들은 밴쿠버를 모자이크 도시라고 했다. 세계 각국에서 사람들이 모이다보니 문화와 풍습이 다른 데서 오는 충돌이 생겼다. 그때마다 밴쿠버 사람들은 절충하기보다는 그대로 인정해주는 방식으로 문제의 핵심을 피했다. 그러다보니 각기 다른 풍습과 전통이 존재하면서 도시 전체의 문화가 된 것이었다.

"남편의 직업인 변호사가 문제인 것 같군."

러레인이 장내를 정리했다. 러레인은 남편의 직업에 대해 알고 있었다. 변호사들은 남의 싸움을 이용해 먹이를 만드는 괴팍한 성격의 소유자들이었다. 분쟁이 생긴 곳이면 어디든 나타나서 존재를 과시했다. 그들은 분쟁을 오랫동안 끌면서 의뢰인들의 재산을 나누어 가졌다. 싸움이라면 물불 가리지 않으며 인간들의 특성을 최대한 이용하는 직업이었다. 그들은 인간이 가장 자랑스러워하는 말을 이용해 떠벌리며 먹고 사는 부류였다.

"그러니까 이번 사건은 인간의 비행 시도가 아니라 두 남녀의 이혼을 두고 벌어진 사건이란 말이군. 인간들이 좋아하는 돈이 개입되어 있을 것이 뻔해. 그렇다면 우리 새들 입장에서는 일고의 가치도 없는 사건인 셈이군. 그런데 정말 궁금한 건 말이야, 어떻게 아이가 70미터가 넘는 높이에서 떨어졌는데도 다치지 않고 캐필라노계곡에 착륙했느냐는 거야. 도대체 이해가 안 돼."

로버트 할리가 가장 궁금한 것을 물었다. 이는 밴쿠버 새들이 이번 사건에 대해 갖는 의문 가운데 가장 궁금해하는 것이었다. 날개 없이 정말 그런 기적과 같은 일이 가능한 것일까.

그런 의문을 풀어준 것은 러레인이었다.

"그 비밀은 아이에게 있는 것 같아. 아까 피터의 말에 따르면 그 아이는 다운증후군이라는 병을 앓고 있지. 그 병의 특징은 인간의 머리를 성장하게 하지 않는 거야. 아이가 그 병을 앓고 있다면 인간의 탐욕스러운 마음을 갖지 않았을 거야. 그만큼 마음이 가벼웠다는 뜻이지. 우리 새들처럼 마음이 가벼운 자는 마음대로 공기를 가르며 날아다닐 수 있지. 그래서 아이는 아무 이상 없이 70미터가 넘는 높이에서 캐필라노계곡으로 무사히 착륙할 수 있었던 거지."

러레인의 말에 새들은 잠시 생각하더니 이해가 된다는 듯이 고개를 끄덕였다. 러레인은 아이의 추락을 비행으로 정의했다. 그에 대해서는 어느 누구도 이의를 제기하지 않았다.

밴쿠버 새들은 모두 알고 있었다. 인간이 마음대로 하늘을 날아다니지 못하는 이유를. 그들은 너무나 많은 생각을 했다. 그래서 온몸으로 머리를 받치기 위해 꼿꼿이 서 있을 수밖에 없었다. 그런 자세로는 결코 하늘을 날 수 없었다. 하늘을 날기 위해서는 머릿속을 텅 비우고 몸 전체를 공기 속에 내맡겨야 한다. 하지만 너무나 많은 생각과 고민이 머릿속에 가득차 있다. 그 상태로 공중으로 높이 올랐다가는 어떤 동물이라도 머리부터 곧장 수직으로 떨어져 죽음에 이를 수밖에 없을 것이다.

싱글마더 폴라

부웅.

시버스가 뱃고동소리를 내며 론즈데일 키 선착장으로 들어오고 있었다. 그 소리에 갈매기 폴라는 앉아 있던 자리에서 날개를 한 번 크게 펄럭이며 자세를 고쳐 앉았다. 조금 있으면 선착장에 부딪친 파도가 그가 앉아 있는 뱃전으로 밀려올 것을 예상하고 나름대로 터득한 대비책이었다. 파도가 조금만 심하게 울렁거려도 돛대는 큰 몸을 가누지 못하고 이리저리 비틀거렸다. 그때마다 돛대 끝에 앉아 있는 폴라는 날개를 푸드덕거렸다. 나이 많은 갈매기로서 매우 볼썽사나운 모습이었지만 파도에 휩쓸리지 않으려면 어쩔 수 없었다. 돛대 끝에 앉아 있는 자세가 영 불편한데도 폴라가 그곳을 좋아하는 이유는 흔들리는 돛대가 자신의 마음 같다는 생각이 들었기 때문이다.

시버스는 선착장에 도착하기 전에 다시 엔진을 역회전해 제자리걸음을 했다. 하얗게 부서지는 물결 위로 소용돌이가 일어났다. 건너편 선착장에서부터 시버스를 따라온 파도들이 갈 곳을 잃고 요란스럽게 뱃전에 부딪쳤다. 때를 맞추어 론즈데일 키에 사는 갈매기들이 시버스에 몰려들어 먹이를 찾느라 요란스럽게 소리를 질렀다. 론즈데일 키 선착장에서는 하루종일 이 광경이 반복되었다.

"삶도 저와 같은 거야. 자신이 가는 길에 항상 더 큰 그림자가 따라다니지. 사람들은 걸어가는 길 자체보다는 그뒤에 따라오는 그림자에 더 민감하게 반응하지. 그게 더 중요한 것이 아닌데……."

폴라는 갈매기들이 시버스 스크루 소용돌이에 감겨 올라오는 물고기 새끼나 해초를 채가는 모습을 바라보다가 눈을 돌렸다. 그의 눈길이 닿은 곳은 여름내 시끌벅적했던 서머축제장도, 댄스파티장도 아니었다. 그 너른 광장에서 벌어지는 일에 관심을 잃은 지는 벌써 오래였다. 그의 시선은 광장 입구에 있는 비치파라솔에 고정되어 있었다. 그곳에는 다섯 살가량 되어 보이는 여자아이가 바닥에 앉아 있었다. 물방울무늬 원피스를 입은 아이 옆에는 부모로 보이는 젊은 부부가 팔짱을 끼고 그녀를 내려다보고 있었다. 주위에서도 몇 명의 아이가 정신없이 그 아이의 얼굴을 쳐다보고 있었다. 한 십 분 전부터 아이 주변에 사람들이 모여들어 있었다.

"지금쯤 아이 오른쪽 뺨에는 돌고래 등이 까맣게 그려졌겠지? 그가 청록색 물감통에 붓을 찍는 걸 보면 물결이 출렁일 시간이네."

비치파라솔 아래에는 물방울무늬 원피스를 입은 아이가 한 사내 맞은편에 앉아 가만히 자신의 얼굴을 맡기고 있었다. 사람들이 모여 있는 곳에서 폴라가 앉아 있는 돛대까지는 제법 거리가 떨어져 있었지만 폴라는 비치파라솔 아래에서 벌어지는 일을 손금 들여다보듯이 훤히 꿰뚫고 있었다. 그도 그럴 것이 사내는 지난 몇 주 동안 폴라의 시선에서 벗어난 적이 없었다. 폴라는 사내를 좋아했다.

사내는 인간들이 흔히 피에로라고 부르는 옷차림을 하고 있었다. 밴쿠버에서 가끔 볼 수 있는 알록달록한 피에로 복장이었다. 다만 그의 옷에는 스탠리공원의 비버를 비롯해 인근 바다의 혹등고래, 밴쿠버 항구를 날아다니는 갈매기 등 다양한 동물이 그려져 있었다. 특히 옷소매에는 폴라와 같은 갈매기가 양편에 한 마리씩 그려져 있었다.

"그는 갈매기를 사랑하는 인간임이 틀림없어. 그러지 않고서는 가장 많이 움직이는 양팔에 갈매기를 그려넣을 이유가 없잖아?"

언젠가 폴라는 사내에게 정신이 팔려 굴러오는 휠체어에 깔릴 뻔한 적도 있었다. 그때 그를 구해준 동료 갈매기가 말했다.

"그 사람하고 네가 무슨 상관이 있다는 말이니? 조금만 더 그곳에 있었으면 아마 휠체어 바퀴에 깔려 등이 땅바닥에 납작하게 붙어버렸을 거야."

폴라는 자신을 구해준 갈매기를 흘깃 쳐다보며 퉁명스럽게 말했다.

"왜 상관이 없다는 거야. 그가 갈매기를 사랑하는 사람이라면 우리 가운데 누군가는 그에게 관심을 가져줘야 해. 모든 동물은 서로 사랑해야 해. 인간이 갈매기를 사랑하는 마음을 갖고 있다면 갈매기도 인간을 사랑해줘야 해. 그래야 서로 가슴이 따뜻해지지 않겠어?"

폴라의 생각은 분명했다. 모든 생명은 서로를 아끼고 존중해주어야 했다. 특히 다른 종류의 동물들에게는 더더욱 필요했다. 서로 말이 통하지 않기 때문에 사소한 일로 다툼이 생길 수 있기 때문이었다. 그러려면 사랑으로 서로를 이해하는 것이 필요했다. 사랑이란 이해되지 않는 것을 받아들이는 가장 큰 묘약 가운데 하나였다.

"알았어. 네가 혼자된 지 오래되어서 사랑의 묘약이 필요하단 말이지? 하지만 그 묘약이 독이 되지 않기를 바랄게. 갈매기는 갈매기를 사랑하는 것이 무엇보다 중요해. 그다음에 다른 동물을 사랑해도 늦진 않을 거야."

동료 갈매기가 체념하듯이 말했다. 그는 폴라가 너무 오랫동안 싱글마더로 살아온 탓에 다른 갈매기와 더불어 사는 일에 서툴다고 생각했다.

*

갈매기들은 폴라를 싱글마더라 불렀다. 싱글마더란 혼자 아이를 키우는 여성을 가리키는 인간들의 말이었다. 제각각 사연은 다르지만 밴쿠버에는 여자 혼자 아이를 키우는 수만 명의 싱글마더가 있었다. 그래서인지 새들도 혼자서 새끼를 키우는 폴라를 인간들이 쓰는 말로 부르고 있었다. 혼자서 새끼 갈매기를 키우는 폴라의 자식 사랑은 유별났다. 그는 다른 갈매기보다도 몇 배나 더 힘들게 새끼를 키웠다. 폴라의 고향은 론즈데일 키 맞은편에 있는 워터프런트였다. 그는 그곳에서 태어나 결혼한 평범한 갈매기 가운데 하나였다.

결혼하기 전 폴라는 비행학교를 졸업하고 캐나다 플레이스 일대에서 먹이 사냥을 하며 지내다 그곳에서 만난 갈매기와 사랑에 빠져 두 마리의 새끼를 낳았다. 하지만 행복도 잠시. 폴라에게 불행이 닥친 것은 지난해 봄이었다. 밴쿠버박람회가 열리면서 세워진 다섯 개의 돛을 단 범선 모양의 캐나다 플레이스에는 수상비행기 착륙장이 있었다. 폴라에게는 비극의 장소였다. 폴라는 그곳에서 아이들 아빠를 잃었다. 요트장으로 내려오던 비행기 날개에 부딪혀 세상을 떠났던 것이다. 그때 폴라는 새끼들의 먹이를 입에 물고 워터프런트 둥지로 향하던 중이었다. 그가 갈매기들의 비명소리를 듣고 현장으로 달려갔을 때는 모든 것이 끝나 있었다.

"아무 생각도 나지 않대. 바다에 누워 있는 그의 주변이 온통 깃털로 뒤덮여 있었어. 마치 물위에 깃털구름이 내려앉아 있는 것 같았어. 그런데 그이가 구름 사이를 날갯짓도 없이 물결을 따라 훨훨 날아가더군. 그제야 알았어. 바다가 우리 갈매기들의 무덤인 것을. 한참이나 주변을 울면서 날아다니고 있었는데, 누군가가 잡아당기듯이 그이가 물속으로 가라앉더군. 하긴 뭐, 그동안 물속에서 먹이를 건져냈으니 그곳이 그리웠을 테지. 그와 이별을 하게 된 것은 순전히 인간의 비행기 때문이었어. 엔진이 두 개나 달린 수상비행기가 요란한 소리를 내며 착수하면서 그이 옆을 지나쳤던 거지. 그 바람에 나는 그이의 마지막 모습을 볼 수도 없었어."

수상비행기만 오면 유난스럽게 요란한 울음소리를 내는 것을 보고 론즈데일 키 갈매기들이 묻자 폴라가 말해준 사연이었다. 폴라는 수상비행기뿐 아니라 사고가 일어났던 캐나다 플레이스 부근에 가는 것조차 싫었다. 남편이 죽고 난 뒤에 서둘러 시버스 건너편 정류장인 론즈데일 키로 거주지를 옮긴 것도 그 때문이었다.

올봄에만 해도 폴라는 새끼들을 돌보느라 정신이 없었다. 론즈데일 키 일대에서 인간이 떨어뜨린 쿠키 조각과 쓰레기통을 뒤져 두 아이를 키웠다. 그 아이들이 처녀비행에 성공하고 혼자서도 먹이 사냥을 할 수 있게 되자 폴라는 비로소 자신의 인생을 생각하게 되었다.

"어느덧 흘러버린 세월에 내 얼굴이 망가졌어."

론즈데일 키 쇼핑몰 유리창에 비친 자신의 얼굴을 보며 갈매기 폴라가 중얼거렸다.

모든 엄마 갈매기의 삶이 그렇듯이 그의 인생의 황금기는 어느새 지나 있었다. 양육으로 지친 몸은 골병이 들어 비행

할 때 날개와 물갈퀴에서 뚝뚝 소리가 났다. 그 소리를 들을 때마다 폴라는 힘들게 살아온 지난 시간들에 대한 회의가 들었다. 그때부터 폴라는 다른 갈매기들과 조금씩 거리를 두고 날아다녔다.

폴라가 본격적으로 다른 갈매기와 행동을 달리 하게 된 때는 문제의 사내가 등장하면서부터였다. 사내가 론즈데일 키 마켓 앞 공터에 모습을 보인 것은 여름이 시작될 무렵인 오월 말이었다.

론즈데일 키 주변은 활기가 넘쳤다. 너른 광장에는 관광객들의 발길이 끊이지 않았고 상점들은 손님을 맞이하기 위해 일찌감치 야외에 비치파라솔과 의자를 내놓았다. 이때가 되면 갈매기들도 바다로 나가 먹이를 찾는 것보다 론즈데일 키 부근에서 해결하는 편이 훨씬 더 쉬웠다.

"저 사람은 누구지? 못 보던 사람인데."

사내를 맨 처음 발견한 새는 폴라의 이웃인 비둘기 루이스 부부였다. 그들은 론즈데일 키 건물 일층에 길게 마련되어 있는 통로 중간 기둥 위에 둥지를 틀고 살았다. 비가 오면 폴라가 즐겨 찾는 도피처이기도 한 그곳에 외로운 갈매기 폴라가 찾아오면 그들은 몇 번 구구거리며 반갑게 인사를 나누었다.

어느날 루이스 부부가 누군가를 가리키자 폴라도 그쪽으

로 고개를 돌렸다.

“누굴 말하는 거지?”

“저기 어학원 정문 앞을 봐요. ‘춤추는 기타’ 자리인데, 오늘 이상한 인간이 차지하고 있네요.”

새들이 ‘춤추는 기타’라 부르는 인간은 날마다 론즈데일 키를 찾아오는 두 명의 라틴계 음악가였다. 그들은 지난봄부터 기타와 만돌린을 들고 론즈데일 키 광장에 모인 관광객들을 상대로 노래를 불렀다. 그러면 관광객들은 그들의 노래를 듣고 동전을 던져주었다. 그들에게 춤추는 기타라는 별명이 붙은 것은 노래하는 도중에 한 사람이 신나는 탱고춤을 추었기 때문이다. 춤추는 사람은 주로 여자였다. 그녀는 어깨에 붉은색 숄을 두르고 노래를 하다 신이 나면 맨발로 격정적인 춤을 추었다. 그 음악소리가 론즈데일 키 광장에 요란하게 울려퍼졌다. 그런데 그날은 그 자리에 이상한 사내가 있었던 것이다.

*

“아주 우스운 복장이군.”

처음 사내의 옷차림을 보는 순간 폴라는 웃음을 터뜨렸

다. 여느 사람들의 옷과는 다르게 허리가 잔뜩 부풀어 있었다. 사내가 걸을 때마다 마치 오뚝이가 굴러가는 것 같았다.

"사내 옆으로 뻗어나온 저 긴 다리는 또 뭐람? 저 인간은 왜 다리가 세 개나 되지?"

폴라가 사내의 옷차림을 보고 비웃듯이 고개를 좌우로 흔들자 옆에 있던 루이스도 한마디 거들었다.

허리가 풍선처럼 잔뜩 부푼 사내의 허리에는 어울리지 않게 천으로 만든 커다란 가방이 매달려 있었다. 제법 무거워 보이는 가방에는 기다란 다리 하나가 삐죽 튀어나와 있었다. 마치 커다란 풍선에 화살이 박혀 있는 듯한 모습이었다. 이내 사내의 몸에서 빠져나간 바람이 론즈데일 키를 뒤흔들 것 같았다.

사내는 춤추는 기타가 차지했던 자리를 한 바퀴 둘러보았다. 그러고는 가방에서 의자, 이젤 등 물건을 하나씩 꺼내어 펼쳐놓기 시작했다. 그런 사내의 행동은 자연스럽기 그지없었다. 그 장소의 주인이 누구인지에 대해서는 아무 관심도 없는 것 같았다.

"아예 춤추는 기타의 자리를 차지할 작정을 한 것 같아요."

사내의 행동을 지켜보던 비둘기 루이스가 걱정스럽다는

듯이 중얼거렸다.

"그런 것 같아. 인간이란 동물은 참으로 재미있는 동물이야. 춤추는 기타의 게으름이 저런 결과를 가져오니 말이야."

폴라는 대수롭지 않게 넘겼다.

춤추는 기타는 한 달에 며칠은 모습을 나타내지 않았다. 그런 날이면 어학원 앞의 자리가 비어 있어서 광장이 한결 넓어 보였다. 그런데 그날은 춤추는 기타가 자리를 비우는 날이 아니었다. 밴쿠버 사람들이 야외로 몰려다니는 토요일이었고 연휴가 이어져 론즈데일 키 일대가 장날처럼 붐비는 날이었다. 상점들은 모두 문을 열었고 광장 주변은 사람들로 넘쳐났다. 이런 날에 춤추는 기타가 자리를 비울 이유가 없었다.

"이제 곧 춤추는 기타가 나타나면 저 사내랑 싸움이 벌어질 거야."

폴라는 앞으로 벌어질 일이 뻔하다는 듯이 말했다.

인간들이기에 당연히 일어날 수 있는 일이었다. 론즈데일 키 일대에서는 그런 일들이 심심치 않게 벌어졌다. 그 가운데에서도 춤추는 기타와 같은 떠돌이들의 영역 싸움은 일년이면 몇 차례씩 새들의 입에 오르내렸다.

사람들은 그들을 거리예술가라 불렀다. 그들은 스카이트

레인이나 길거리에서 자신의 장기를 보여주고 사람들이 던져주는 돈으로 생활했다. 사람이 많이 모이는 곳이면 모두 그 자리를 차지하고 싶어했다. 론즈데일 키는 그런 장소로 매우 유명했다. 시버스를 타고 오가는 사람들이 많을 뿐 아니라 론즈데일 키에서 건너편 다운타운을 바라보는 풍경은 관광객들에게 빼놓을 수 없는 볼거리였기 때문이다.

밴쿠버시에서는 그런 주요 관광지마다 거리예술가들의 다툼을 방지하기 위해 사전 등록을 하도록 했다. '춤추는 기타'는 그런 절차를 거친 론즈데일 키의 거리예술가였다. 그러나 욕심이 가끔 눈을 가려 인간은 남의 자리를 탐하기도 했다. 사내도 그런 인물 가운데 하나로 보였다.

"그런데 저 사내의 복장 말이야. 싸우기 위해 미리 준비한 건가?"

사내의 행동을 지켜보던 폴라는 커다란 부리를 움직여 어학원 앞 광장의 풍경을 가리켰다. 비치파라솔을 치고 의자를 놓은 사내는 입고 있던 회색 코트를 벗어 던졌다. 그러자 다른 사람들과 달리 상의와 하의가 붙어 있는 사내의 유별난 옷차림이 드러났다.

"사람들이 피에로라 부르는 복장이야. 여름 축제 때면 저런 복장을 한 사람들이 나타나서 아이들에게 풍선을 나누어

주거나 여러 장기를 보여주지."

론즈데일 키 마켓에 오랫동안 살았던 갈매기 젤마였다. 젤마는 사내의 복장이 무엇을 의미하는지 알고 있는 것처럼 말했다.

사내는 피에로 복장 외에도 몇 가지 특이한 물건을 펼쳐놓았다. 그 가운데에는 흰색 바탕에 온갖 동물이 그려진 천도 있었다. 긴 막대 끝에 나무토막을 매달고 아래로 내려뜨린 그것은 바람이 불 때마다 흔들렸지만 다른 한쪽이 땅에 묶여 있어서 깃발처럼 펄럭이지는 않았다. 그 아래에는 사내가 펼쳐놓은 여러 가지 색깔의 조그만 물감통이 놓여 있었다.

"마침내 춤추는 기타가 나타났어!"

루이스 부부 목소리가 들린 것은 그로부터 한 이십분이 지나서였다.

그동안 사내는 아무렇지도 않은 듯이 새로 자리잡은 자리에서 고객을 찾아 두리번거렸다. 비둘기 루이스 부부 목소리가 광장을 흔들자 폴라도 사내가 있는 어학원 쪽으로 시선을 돌렸다. 폴라의 눈에 들어온 광경은 비둘기 부부의 목소리와는 달리 조용한 모습이었다.

춤추는 기타는 론즈데일 키에 등장할 때면 항상 같은 옷을 입었다. 남자는 챙이 올라간 멕시코 모자를 썼고 여자는 붉은색 숄을 어깨에 둘렀다. 그들의 손에는 만돌린과 기타가 들려 있었다. 그들이 피에로 복장을 한 사내에게로 다가가자 사내는 자리에서 일어나 반갑게 그들을 맞이했다. 사내는 두 사람과 번갈아 악수를 한 뒤에 이야기를 나누었다.

그 모습을 본 폴라는 비둘기 루이스 부부에게 말했다.

"싸우는 것이 아닌데? 세 사람 모두 서로 알고 있는 모양이야?"

"춤추는 기타가 피에로에게 자리를 넘겨준 모양이야. 한동안 조용히 지내게 되어서 다행이야. '춤추는 기타' 목소리가 너무 시끄러웠거든."

비둘기 부부는 자신들이 예상했던 것과는 다른 장면이 펼쳐지자 이내 흥미를 잃고 새로운 관심거리를 찾아 떠나려 했다. 이제 '춤추는 기타'는 론즈데일 키 사람이 아니었다. 사람이나 새나 눈에 보일 때만 신경쓰이지 사라지고 나면 더이상 관심의 대상이 아니었다. 비둘기 부부는 서둘러 자신들의 집을 향해 날개를 퍼덕였다.

*

사내는 페이스페인팅을 해주는 거리예술가였다. 그는 제

법 오랫동안 그 일에 종사한 것처럼 보였다. 비치파라솔에 그려진 그림을 비롯해 깃발의 동물들이 그의 경력을 말해주고 있었다. 그의 솜씨는 그날 오후부터 론즈데일 키 마켓 주변을 돌아다니는 아이들의 얼굴과 팔에 드러났다.

사내는 길 가는 아이들을 불러 세운 뒤에 조그만 붓으로 손잔등이나 얼굴을 재빨리 쓰다듬었다. 그러면 물고기는 물론 토템이나 인디언 문양이 생겨났다. 아이들은 자랑하듯이 그 모습으로 론즈데일 키 마켓 광장을 돌아다녔다.

폴라가 사내에게 빠지게 된 이유는 그의 그림 솜씨 때문이었다. 그 가운데에서도 사내가 그리는 새 그림에 홀딱 반했다.

"나는 지금까지 새를 그렇게 짧은 시간에 부활시킨 사람을 본 적이 없어. 그는 자신의 팔 안에 숨겨둔 새를 붓끝으로 끄집어내는 것 같아. 한 마리의 새가 날개를 파닥이며 날아오르는 데 채 오분도 걸리지 않아."

폴라는 론즈데일 키 마켓에 드나드는 새를 보면 아무나 붙잡고 사내의 솜씨를 자랑했다.

"그가 탄생시킨 새들의 종류도 엄청나거든. 우리 갈매기부터 개똥지빠귀까지. 로빈, 어떨 때는 까마귀도 그의 손이 닿으면 색깔을 바꾸기도 해. 와우, 사내는 마법의 손을 가졌어."

폴라는 연신 감탄사를 토해냈다.

그렇게 사내는 도착한 다음날부터 폴라의 마음을 빼앗았다. 폴라는 일찌감치 광장에 나가 사내가 오기를 기다렸다. 사내는 아침 열시가 되어 처음 모습을 드러냈을 때와 똑같은 복장으로 나타났다. 그러고는 폴라의 마음을 빼앗은 신비로운 솜씨를 펼쳐 보였다.

사내가 어린아이의 몸에서 동물을 찾아내는 데는 그리 많은 시간이 걸리지 않았다. 돌고래는 오분, 조금 복잡한 토템은 칠분을 넘기지 않았다. 폴라는 론즈데일 키 광장 주변을 돌아다니다 사내가 마술을 펼칠 때면 그의 모습이 내려다보이는 곳에 앉아 사내를 바라보았다. 그런 폴라의 모습을 본 워터프런트 갈매기들 사이에서는 이상한 소문이 돌았다.

"싱글마더가 사랑에 빠졌대."

"이런, 갈매기가 인간을 사랑하다니. 말도 안 돼! 하지만 인간이 아니라 그의 재능에 빠진 건지도 모르지."

소문이란 구르는 눈과 같아서 폴라가 사내에 대해 관심을 기울이면 기울일수록 전혀 엉뚱한 방향으로 점점 불어났다.

"사내의 그림에는 주문이 들어 있대. 그런데 폴라가 그 주문에 걸려 꼼짝을 못한다나봐."

"아니야. 오히려 폴라가 눈으로 사내의 마음을 움직여 아이들 얼굴에 갈매기를 그리게 한다던데?"

폴라와는 전혀 상관없는 소문들이 떠돌았다. 소문이 론즈데일 키를 넘어 밴쿠버 갈매기들 입에까지 오르내리자 싱글마다 폴라의 마음도 덩달아 싱숭생숭했다. 폴라는 정말 자신이 사내의 주술에 걸려 그에게 정신없이 빠져드는 것이 아닌가 하는 생각마저 들었다. 떠도는 소문은 싱글마다 갈매기 폴라를 커다란 혼란 속에 빠뜨렸다.

"그래, 어쩌면 갈매기들의 말이 맞을지도 몰라. 사내가 주술을 부린 거야. 다 늙어 이게 무슨 망신이람. 하지만 그가 갈매기를 그릴 때마다 전율이 느껴지는걸. 바닷속으로 사라진 그이가 다시 살아나서 날아오르는 착각에 빠진다고. 그게 이해되니?"

어느 날 비둘기 부부 가운데 암컷인 소피가 론즈데일 키 근방에 떠도는 소문을 말해주며 폴라의 심정을 묻자 폴라는 자신의 속마음을 털어놓지 않을 수 없었다. 소피라면 자신의 처지를 이해해주리라는 믿음이 있었다.

"그럴 수도 있겠네요. 예술가란 인간들은 죽은 자와 산 자를 연결하고, 까마귀처럼 인간과 신을 연결하는 능력이 있는 자라고 하잖아요. 하지만 그는 예술가라기보다는 그림을 그려주고 하루하루를 살아가는 동냥치예요. 봐요, 방금 얼굴에 그림을 그린 아이 엄마가 피에로의 모자에다 돈을 던져넣잖아요."

"일 달러짜리지. 캐나다 돈 가운데 햇살에 반짝이는 금빛 돈은 일 달러뿐이잖아. 일부 여자들의 돈 사용법은 바다 같아. 남을 위해 돈을 쓸 때는 바다의 소금처럼 짜다가도 자신을 치장하는 데는 폭풍우처럼 거침이 없어. 저 벌이로는 피에로의 오늘 수입이 걱정인걸?"

폴라가 사내의 수입에 대해 걱정하자 결국 비둘기 소피는 참지 못하고 입안에 맴돌던 말을 내뱉었다.

"피에로의 수입을 걱정할 게 아니라 폴라 당신 몸부터 먼저 챙겨요. 제가 보니 요즘 당신은 제대로 먹이 사냥도 안 하잖아요. 그를 바라보는 일에 정신이 팔려 있으니 그럴 시간도 없겠지만……."

그랬다. 폴라는 며칠 동안 제대로 먹이를 챙겨먹지 못했다. 사내가 등장한 이후 폴라는 론즈데일 키 광장 주변을 떠나지 않았다. 그곳에는 항상 사람들이 붐벼 그들이 버리는 음식 찌꺼기가 많다고는 하지만 그것을 노리고 모여드는 경쟁자 역시 많았다. 인근 갈매기뿐 아니라 비둘기와 도요새 무리까지 모여들었다. 잠시만 한눈을 팔아도 바닥에 떨어진 샌드위치 고기나 버터 부스러기는 다른 새들이 차지했다. 폴라는 그 모습을 지켜보기만 했다. 먹이를 향해 날아가는 날갯짓은 재빨라야 하는데, 폴라는 사내에게 빠져 넋을 놓고 있었던 것이다.

"정신을 차려야 할 텐데…… 이러다가는 깃털을 감쌀 기름기가 부족해서 바다에 내려앉다 온몸이 젖어버릴지도 몰라. 그렇게 되면 먼저 간 그이를 만날 수야 있겠지만 내게는 아직 할일이 남아 있어. 새끼를 부화하러 간 아이들이 손자를 데려오면 그들의 비행도 가르쳐줘야 하고, 보다 나은 사냥법도 알려줘야 해."

생각이 거기에 미치자 폴라는 갑자기 날개가 무거워졌다. 어깻죽지에 닿은 공기가 새삼 낯설게 느껴지고 눈앞에 펼쳐진 론즈데일 키 마켓의 풍경이 새롭게 다가왔다. 이곳은 새들의 생활 터전이었다. 그 사냥터의 오랜 주인이었던 폴라는 너무 오랫동안 그 자리를 비워두었다는 생각이 문득 들었다.

*

밴쿠버 사람들 생활에는 일정한 패턴이 있었다. 그 패턴은 오랜 세월 동안 변하지 않은 채 쭉 이어졌다. 삼월이 되면 거리에 벚꽃이 피고 해가 길어지면서 사람들이 집밖으로 쏟아져나왔다. 사람들은 거리 곳곳을 누비고 돌아다녔다. 특히 금요일 오후부터 토요일과 일요일까지는 쏟아져나온 사람들로 인해 온 거리가 술렁였다. 사람들은 이를 두고 시즌이라 불렀다.

시즌이 시작되면 사람들이 다니는 장소는 정해져 있었다. 쇼핑몰과 근교 공원이 바로 그곳이었다. 주말 무렵이면 론즈데일 키, 뉴웨스트민스터 퍼블릭 마켓, 화이트록 등은 사람들로 물결을 이루었다. 그러다 찬바람이 불고 빗방울이 떨어지면 사람들의 행렬은 뚝 끊어졌다. 시즌이 끝난 것이다.

론즈데일 키 마켓 근방 새들은 시즌이 오고 사람들이 몰릴 때 열심히 먹이 사냥을 해야 한다는 것을 알고 있었다. 깃털 아래에 충분히 지방을 축적해놓아야 거리가 텅 비는 겨울을 견뎌낼 수 있기 때문이었다. 시즌이 되면 먹이가 많은 만큼 여러 종류의 새가 론즈데일 키 마켓 주위로 몰려들었다. 갈매기 무리는 말할 것도 없고 비둘기와 도요새, 심지어 기러기까지 인근 공원에 내려앉아 새벽부터 먹이 사냥을 했다.

"끔찍했어. 내가 처음 론즈데일 키로 옮겨와서 워터프런트공원에 아침 산책을 나갔다가 기러기 무리를 보고는 깜짝 놀랐지."

폴라가 어린 갈매기들에게 교육을 하며 말했다.

"사람들이 말하기를 사람에게 가장 무서운 것은 사람이라고 하지만 우리 새들 입장에서는 전혀 이해되지 않는 말이야. 하지만 그날 아침 광경을 보고 나는 그 말을 이해했어. 새들에게도 가장 무서운 것은 새야."

"왜 그런 생각이 들었나요?"

어린 새들 가운데 한 마리가 물었다.

"그날 아침 내가 본 것은 두려움이었어. 유난히 진한 안개가 낮게 깔린 날이었어. 아침 산책을 겸해 워터프런트공원을 찾아갔는데, 안개 속에서 커다란 막대기 수백 개가 움직이고 있더군. 보이는 것은 그냥 커다란 물체였어. 맑은 날이었으면 그렇게 놀라지도 않았을 거야. 안개 위로 새들이 깃발처럼 긴 목들만 길게 빼고 돌아다니고 있었어. 생각해봐. 얼마나 무서웠겠어?"

아이들은 폴라의 말을 쉽게 이해하지 못하는 듯했다. 어린 갈매기들이 납득이 되지 않는다는 표정으로 바라보자 폴라는 잠시 생각에 잠겼다. 그러다 어린 갈매기들을 쉽게 이해시킬 수 있는 생각이 떠올랐다.

"음, 너희를 포함해서 수백 마리가 잠수해서 물 밖으로 목만 내밀고 있다고 상상해봐. 안개는 바다처럼 너희 몸을 감추고 말이야. 그런데 기러기 목이 유난히 기니까 더욱 놀랄 수밖에 없는 거지."

폴라의 말에 차이나타운 출신의 뮤코가 끼어들었다.

"아하! 그런 거라면 차이나타운의 중국인 가게에서 본 적 있어."

뮤코는 폴라의 오랜 친구였다. 그는 차이나타운에서 살다가 론즈데일 키로 이사온 갈매기였다.

"뭘 보았다는 거야?"

"이스트차이나타운에 가면 중국인들이 오리를 파는 곳이 있어. 진열장 절반이 색유리로 되어 있는데, 그 위로 수십 마리의 오리가 목만 내밀고 공중에 매달려 있어. 털은 몽땅 뽑힌 채 말이야."

뮤코는 자신이 본 것을 거침없이 말했다. 그의 말을 듣자마자 폴라는 자신도 모르게 한 다리를 들어 날갯죽지 위로 성호를 그었다. 어린 새들이 보아서는 안 될 장면이었기 때문이다.

"음, 네가 본 게 어떤 건지는 잘 모르겠지만 그건 인간의 야만성을 드러내는 걸 거야. 뮤코야, 그런 걸 어린 새들에게 말해선 안 돼. 다른 새의 불행을 아무렇지 않게 말하는 건 새의 권위를 떨어뜨리는 거라고."

폴라는 친구가 걱정되었다. 새들도 환경에 따라 성격이

달라지는데, 뮤코처럼 거친 환경에서 자란 새들은 날아다니는 것부터가 달랐다. 날개가 공격적으로 꺾였고 비행자세도 매우 불량했다. 들판이나 산에서 자란 새들이 훨씬 여유롭게 비행했다.

'내 손자들은 보다 나은 환경에서 자라게 할 거야. 이 거친 도시가 아니라 여유로운 해안에서 서서히 비행하며 공중에서 바람소리도 듣고 깃털 끝에 반짝이는 햇살을 느끼며 날아다니게 할 거야. 이 도시는 어린 새들이 살기에는 너무 복잡하고 날카로워. 인간들이 건물을 지으면서 하늘을 각지고 날카롭게 잘라놓았어. 뮤코처럼 도심에서 자란 새는 아무 생각 없이 저런 말을 하는 거야.'

사랑하는 남편을 잃고 난 뒤부터 폴라의 삶은 많이 달라졌다. 예전에 살았던 캐나다 플레이스를 떠난 것 외에도 비행자세가 바뀌었다. 그는 하늘에 자신을 묻어두기보다 자기 그림자의 행방에 더 큰 관심을 가졌다. 새들이 공중에서 죽지 못한다는 것을 알고 나서 생긴 변화였다.

'새는 누구나 자신이 공중에서 사라져버리기를 원하지. 공기 속으로 깃털이 증발하고, 뼈와 살이 구름처럼 흩어져 신들의 호흡에 자신이 함께하기를…… 하지만 그렇게 될 수 있는 새는 없어. 모든 새는 죽으면 처음 자신이 태어난 곳으로 되돌아가거든. 그곳이 어디인지 간에 땅으로 되돌아가야 해. 난다는 것은 그곳으로 돌아가기 위한 하나의 몸짓일 뿐이야.'

폴라가 깨달은 것은 그것만이 아니었다. 그는 혼자 아이들을 키우며 아이들이 자라나는 모습을 보면서 자신이 어떻게 살아왔는지를 되돌아보는 시간이 많아졌다. 론즈데일 키 마켓에서 여름 축제가 시작되고 사람들이 늘어나자 그는 한 발 떨어져서 그 광경을 지켜보는 것을 즐겼다. 그런 그를 보고 비둘기 루이스 부부가 말했다.

"요즘 왜 혼자 있는 시간을 좋아해요?"

루이스 부부 말에 폴라는 자기 생각을 말했다.

"남에게 신경쓰는 것보다 나 자신을 돌보는 것이 더 중요하다는 사실을 깨달아서 그래."

"자신을 돌본다는 게 무슨 말이에요?"

늘 함께 비행하고, 함께 둥지로 돌아가는 비둘기 부부에게 설명하기 어려웠다. 혼자 되어본 새들만이 혼자 있는 시간의 무게를 아니까…….

"너는 비행의 무게를 생각해본 적 있니?"

"비행의 무게요? 그건 간단하지요. 양날개를 움직이는 힘과 밑으로 떨어지려는 힘을 조절하는 거예요. 그 강도에 따라 내가 마시는 공기의 양을 조절하고 깃털 사이를 넓혀 몸을 가볍게 하는 것이지요."

비둘기 루이스의 대답을 듣고 폴라가 말했다.

"그것과 같아. 그러다 힘이 들면 너는 땅에 내려앉을 때 날개를 접고 무게를 무겁게 해서 두 발로 착지를 하지. 지금 나는 내 삶에서 땅에 내려와 있어야 하는 때라고 생각하고 있는 거야. 새라고 해서 계속 하늘을 날 수는 없어. 가끔 땅에도 내려와야 해. 둘이 있다는 것은 하늘을 나는 것과 같아. 같이 호흡하고 같이 공중을 날아다니잖아. 하지만 나는 혼자여서 땅에 내려와 있는 거야. 땅에서 하늘을 날던 때를 추억하는 거야. 나는 동안에는 그걸 몰라."

폴라는 제대로 설명했는지 알 수 없었다. 사실 폴라도 자신의 요즘 생활이 이해되지 않았다. 새들에게 충실하려고 할수록 피에로 복장의 예술가가 떠올랐다. 그는 춤추는 기타와 달리 혼자서 일했다. 그리고 돌아갈 때도 혼자 돌아갔다. 그의 모습에서 혼자 사는 사람 특유의 냄새가 났다. 항상 똑같은 복장이었으며 머리카락은 빗질을 하지 않아 헝클어져 있었다.

"그래, 피에로는 틀림없이 혼자 사는 거야. 혼자인 사람은 세상에 자신을 드러낼 필요가 없거든. 남에게 보여주지 않아도 다른 사람과 나누어 가질 생애가 몽땅 그에게 밀려오니 있는 그대로 받아들이면 되는 거야. 꾸밀 필요가 없어."

사내가 혼자라는 확신이 들자 싱글마더 폴라는 그가 더욱 친근하게 느껴졌다. 외로움에 익숙한 생명체끼리 무언가 통한다는 느낌이었다. 론즈데일 키 마켓 생활로 돌아온 지 일주일 만에 폴라는 다시 그를 지켜보는 일로 하루를 보냈다.

*

칠월의 세번째 일요일이었다. 갈매기 폴라는 론즈데일 키 마켓 근방에서 사내의 모습을 지켜보다 결심했다. 그날 론즈데일 키 일대는 사람들로 넘쳐났다. 시버스를 타고 밴쿠버에서 건너온 사람들은 사이프러스산으로 올라가거나 론즈데일 키 마켓에서 차를 마시며 건너편 도심을 바라보았다.

이런 날에는 사내의 손길도 덩달아 바빠졌다. 그는 붓을 들고 어린아이의 얼굴과 팔뚝에서 동물들을 찾아내느라 잠시도 쉴 틈이 없었다. 사내의 얼굴에서 흘러내린 땀방울이 익은 버찌 열매처럼 뚝뚝 떨어져 내렸다. 사내는 연신 흐르는 땀방울을 훔쳐가며 아이들의 얼굴에 그림을 그렸다.

"저렇게 정신없는데도 어떻게 미소를 잃지 않는 걸까?"

폴라는 사내가 얼굴을 찡그리는 모습을 한 번도 본 적이 없었다. 그는 늘 웃는 얼굴로 아이들을 만났다. 사내의 마음을 나타내기라도 하듯이 그의 붉은색 입에는 항상 환한 미소가 걸려 있었다. 폴라가 그를 좋아하게 된 것도 어쩌면 그의 밝은 얼굴 때문이었는지도 모른다.

그런데 그날 오후 폴라는 그의 얼굴에서 다른 모습을 발견했다. 오후 다섯시가 넘어가자 사람들의 발길이 차츰 뜸해졌다. 사내의 비치파라솔 아래에도 빈자리가 늘어났다. 하루종일 정신없이 그림을 그리던 그는 그제야 입에 담배를 물고 주위를 둘러보았다. 그러고는 자신의 물감과 비치파라솔 주변에 흩어져 있는 것들을 물끄러미 바라보았다.

"휴우."

사내의 입에서 담배 연기와 함께 긴 한숨이 터져나왔다. 그가 몰아쉬는 숨소리의 파장이 무척 길게 느껴졌다. 오후부터 그를 쭉 지켜보고 있던 폴라는 그가 지금 굉장히 지쳐 있음을 알 수 있었다.

"사람들 마음속에 있는 동물을 붓으로 찾아내는 재주가 있다 해도 그의 삶은 다른 무언가를 꿈꾸고 있는 게 분명해. 그의 꿈은 뭘까? 그러고 보니 그를 좋아하면서도 그에 대해 아는 게 별로 없네. 오늘은 그를 따라가봐야겠어."

폴라는 지금까지 그가 어디에서 사는지, 어떻게 생활하고 있는지 한 번도 생각해본 적이 없었다. 그가 론즈데일 키에서 하는 일에만 관심이 있었을 뿐, 그 밖에는 아는 것이 전혀 없었다. 그를 좋아하는 데만 정신이 팔려 다른 것은 미처 생각지 못했던 것이다. 이런 점에서 다른 새들과 달리 혼자 사는 새에게 허점이 생기는 것인지도 몰랐다. 두 마리 새가 함께 살면 생각을 나눌 수 있어서 한쪽으로 치우치지 않겠지만 혼자 사는 갈매기는 그렇지 못했다. 판단할 때는 망설이지만 일단 결정하면 한쪽으로 기우는 경향이 있었다.

그날 폴라가 사내를 따라간 것도 어쩌면 그 때문인지도 몰랐다. 시버스를 타는 사내를 보고 폴라도 배 돛대에 내려앉아 바다를 건넜다. 폴라는 그동안 한 번도 바다를 건너간 적이 없었다. 남편이 죽고 난 뒤 캐나다 플레이스 근처는 두 번 다시 떠올리기도 싫어 바다를 건너지 않았던 것이다.

"세월이 참 무섭군. 이 바다를 두 번 다시 건너지 않겠다고 마음먹었는데…… 이제는 그것도 잊고 이렇게 여기를 건너다니. 시간이라는 약에 취해 망각에 빠지면 뭐든 치료가 되는 모양이야."

시버스가 워터프런트 선착장 근처에 이르자 폴라는 남편이 떠 있던 바다 위를 지나왔다는 생각이 들어 나직이 중얼거렸다.

배가 선착장에 도착하자 사람들이 우르르 쏟아져나왔다. 폴라는 사내를 놓치지 않기 위해 선착장 가까이 날아가서 그가 향하는 곳을 눈여겨보았다. 그는 선착장 출구를 지나 버스를 타러 나갔다. 다행이었다. 만약 사내가 스카이트레인을 탔다면 폴라는 사내를 놓쳤을지도 모른다.

사내가 사는 곳은 차이나타운 한가운데에 있었다. 밴쿠버 사람이면 누구나 알고 있는 이스트헤이스팅스 거리 한쪽에 위치한 낡은 호텔로 일종의 둥지 같은 곳이었다. 그 호텔은 마약중독자와 독신자가 즐겨 찾는 곳이었다. 붉은색 벽돌로 지어진 낡은 건물 입구는 부랑자들의 침입을 막기 위해 쇠창살로 막혀 있었다. 사내는 주머니에서 열쇠를 꺼내 문을 열고 건물 안으로 들어갔다.

"이 사내도 둥지에서 사는구나. 방금 불이 켜진 저 방이 사내의 보금자리인 모양이군."

사내를 따라 건물 입구까지 날아온 폴라는 맞은편 가로등 위에 앉아 사내의 방을 바라보았다. 아이보리색 블라인드 틈으로 방안의 불빛이 새어나왔다. 건물 맨 오른쪽 끝에 있는 방은 아직 하버 브리지에 해가 걸리지 않았는데도 어두컴컴했다. 세월의 묵은 때가 묻어 주위 전체가 칙칙한 색으로 물

HOTEL
HOTEL

들어 있었다.

"네가 여긴 웬일이니?"

소리가 들린 곳은 폴라가 앉아 있는 가로등에서 불과 10미터도 떨어지지 않은 전봇대였다. 나무로 만든 두 개의 전봇대가 나란히 서 있는 그곳에는 갈매기 무리가 앉아 있었다. 폴라에게 말을 건 것은 그 가운데 한 마리였다. 폴라가 실눈을 뜨고 살펴보자 낯익은 얼굴이 보였다. 어릴 때부터 알고 지내던 갈매기 바니였다.

"바니, 너였구나. 뭘 좀 알아볼 게 있어서 왔어."

바니를 발견한 폴라는 마음이 불안해졌다. 사내를 쫓아 여기까지 온 사실을 아무에게도 들키고 싶지 않았기 때문이다. 폴라는 잠시 동안 가로등 위에서 머뭇거렸다. 그러자 바니가 날아오르기 위해 날개를 펼쳤다. 그가 날개 근육을 쫙 펴자 뭉쳐 있던 깃털이 펼쳐지면서 그의 몸이 공중에 떠올랐다. 바니는 친구가 있는 가로등 쪽으로 날아오면서 말했다.

"이 동네에서 벌어지는 일이라면 내가 아주 잘 알고 있지. 미리 나에게 말해줬으면 알아봤을 수도 있었는데 말이야."

그럴 것이다. 바니는 차이나타운에서 벌어지는 일이라면 대부분 알고 있을 터였다. 바니는 그곳의 오래된 토박이였다. 또한 중국 사람들이 들어오기 전부터 선대들의 터전이었던 터라 주위 환경이 갈수록 어지러워져도 떠나지 못하고 있었다. 하지만 폴라는 자신의 궁금증을 그에게 물어볼 수 없었다.

"그럴 거야. 너라면 이 거리에서 벌어지는 일은 모두 알고 있을 거야. 하지만 내가 알고 싶은 것은 이 거리의 일이 아니야. 이곳에 살고 있는 한 사람에 대한 거야. 지극히 개인적인……."

폴라는 말끝을 흐리며 두 날개를 공기 속에 묻었다. 가로등 위에 앉아 이야기를 나누기가 불편했다. 정다운 새들끼리는 공중을 나란히 비행하면서 대화를 나누는 편이 훨씬 마음이 편했다. 같은 바람 속에 몸을 맡겼다는 동질감이 만들어주는 편안함 때문이었다. 날개 끝에 닿은 바람에서 동료의 숨소리를 들을 수 있는 것은 새들만의 특권이었다. 폴라와 바니는 그 숨결을 마음껏 누리기 위해 나란히 날개를 맞추어 차이나타운 상공을 맴돌았다.

"폴라. 너에 대해 이상한 소문이 돌더라?"

한동안 나란히 비행하던 바니가 조용히 입을 열었다.

"이상한 소문이라니, 그게 뭔데?"

떠도는 말은 솜털과 같아서 바람이 불 때마다 위로 치솟아 전혀 엉뚱한 곳에 닿기 마련이었다. 소문의 당사자에게는 썩 유쾌한 일이 아니겠지만 한편으로는 호기심이 생기기도 했다. 자신을 어떻게 평가하는지 알고 싶었다.

"네가 인간을 사랑한다는 말이 돌더라고."

바니의 말에 폴라는 귀밑이 화끈거렸다. 인간과 사랑이라니……. 새로서는 당치도 않은 말이었다. 더욱이 싱글마더인 폴라에게는 좋은 말이 아니었다. 폴라는 사실을 말해야겠다고 생각했다.

"나는 지난 일년 넘게 혼자 살아왔어. 이제 누구를 사랑할 수 있을 것 같지는 않아."

"나야 네 성격을 알지만 다른 새들은 네 행동을 쉽게 이해할 수 없을 거야. 그들 말에는 비난이 섞여 있어. 새를 사랑하기보다 인간을 받아들여서 스스로를 외로움 속에 가두려 한다는 거야. 새들은 외로움을 나누면서 살아가는 존재들이야. 그 사실을 잊어버려서는 안 돼."

'외로움을 나눈다'라는 말을 듣는 순간 폴라의 머리에 스치는 감정이 있었다. 사내의 모습에서 늘 막연하게 전달되던 느낌이었다. 폴라는 그것이 무엇인지 잘 몰랐는데, 바니의 말을 듣고 명확히 알게 되었다. 그것은 다름 아닌 외로움이었다. 사내의 과장된 몸짓이나 아이들에게서 동물을 찾아내는 일은 그가 외로움을 이겨내는 수단인지도 몰랐다.

"그럴지도 모르겠어. 사실 나는 너무 오랫동안 혼자 버텨왔어. 너도 알겠지만 애들 아빠를 잃고 난 뒤에 나는 다른 생각은 할 수 없었어. 애들을 제대로 키워야 한다는 생각밖에는……."

폴라는 바니에게 자신의 속마음을 털어놓기 시작했다.

"삶이란 최면이야. 나는 그렇게 생각해. 다른 새들이 뭐라고 하든 삶을 지속해야 하는 최면이 걸려 있거든."

"삶이 최면이라고? 그런 무책임한 말이 어디 있어! 우리가 사냥하고 날아다니는 것은 모두 실체적인 거야."

바니는 폴라의 말에 반론을 제기했다. 살아가는 것이 하나의 최면이라니 얼마나 황당한 논리인가. 지금껏 그런 말을 한 새는 아무도 없었다. 이는 살아가는 자들을 모욕하는 말이나 다름없었다.

"글쎄, 어떻게 생각해도 좋아. 지난 일년 동안 내가 혼자 살면서 내린 결론이야. 어렸을 때는 몰랐어. 스승들이 가르쳐주는 대로 살면 되는 줄 알았거든. 그들이 시키는 대로 때가 돼서 결혼하고 아이를 낳으면 그것이 삶이라고 생각했어. 그런데 혼자 살다보니 스승들이 나에게 알려줬던 것은 갈매기로서의 보편적인 삶이었어."

폴라의 말을 들으면서 바니는 그가 론즈데일 키 마켓에 살면서 많은 일을 겪었노라고 생각했다. 오랜 친구였던 폴라는 언제나 새의 삶에 충실했다. 그가 혼자 두 아이를 키운 것에 대해 밴쿠버 갈매기들은 칭찬을 아끼지 않았다. 그런데 그런 폴라와는 전혀 다른 말을 하자 바니는 크게 당황했다. 자신이 알던 예전의 폴라로 되돌려놓아야 한다고 생각했다. 그것이 친구가 해야 할 일이라고 여겼다.

"폴라, 새들의 삶은 하늘을 지키는 거야. 그건 지금까지의 가르침을 뒤집는 일이라고. 그런 복잡한 생각은 인간들이나 하는 거야. 그들은 우리와는 다르게 목이 하늘과 수평이 되지 못하기 때문에 무엇인가 자꾸 머릿속에 집어넣어야 해. 그래야 머릿속이 흔들리지 않거든. 그래서 생각이란 걸 계속하는 거야. 그들은 그렇게 살도록 훈련되었어. 복잡한 것은 그들에게 맡겨두면 돼."

"나도 그렇게 생각했어. 그런데 말이야. 우리가 최면에 걸리지 않았다면 왜 고통을 당했을 때 죽지 않는 거야? 나는 애들 아빠를 잃었을 때 정말 죽고 싶었어. 그런데 다음날에도 하늘을 날아다니고 있었단 말이야. '지혜의 숲'에 사는 현자 러레인이 말했어. 새들은 자신이 하고 싶은 것을 하면서 사는 것이 천성이라고. 그런데 나는 죽고 싶었어. 하지만 그렇지 못했어. 이튿날 아침에 다시 먹이를 찾아다니고 배운 대로, 습관대로 생활했어. 그때 의문이 들더라고. 어릴 때 스승들이 우리에게 최면을 건 것은 아닐까 하고."

말을 하던 폴라의 날개 한쪽이 비스듬히 기울어졌다. 밴쿠버 중심가에 있는 하버센터로 향하던 비행경로를 바꾸었다. 사내가 있는 차이나타운으로 되돌아가기 위해 선회한 것이었다. 바니도 폴라를 따라 날개를 기울였다. 그러면서 폴라에게 물었다.

"너는 스승들이 우리에게 어떤 최면을 걸었다고 생각하니?"

"어떤 경우에도 목숨이 붙어 있는 동안에는 삶을 지속해야 한다고 최면을 건 거야. 그래야 새들이 하늘을 날아오르거든. 새가 없는 하늘은 얼마나 허전하겠어?"

"음, 그건 사실이야. 밴쿠버 하늘에 새가 없다면 정말 죽은 하늘일 거야. 폴라, 나는 네가 어떤 생각을 하는지 잘 모르겠어. 하지만 네가 하는 일이 이루어지길 바랄게. 어떤 경우에도 나는 너의 친구로서 응원할 거야."

어느새 그들은 처음 출발했던 이스트헤이스팅스 사거리 근방에 다다라 있었다. 붉은색 건물이 보이자 폴라의 마음은 몸보다 먼저 사내의 방에 도착해 있었다. 그사이에 사내가 밖으로 나갔으면 어떡하나 걱정되었다. 다행히 사내의 방에는 아직 불이 켜져 있었다.

*

폴라가 버나드만을 몇 차례 다녀오자 사내의 삶이 서서히 드러났다. 그는 원래 루마니아 출신의 화가였다. 그가 밴쿠버에 살게 된 것은 1989년 그의 조국이 전화에 휩쓸리고 난민 행렬을 따라나서면서부터였다. 캐나다 정부는 난민촌 사람 가운데 캐나다를 선택한 사람들을 받아들였다. 그는 토론토를 거쳐 지난 봄 밴쿠버에 정착했다. 사내가 가진 재산이라고는 고국을 떠나올 때 입고 온 옷과 조그만 가방에 든 그림 도구가 전부였다. 그는 그 도구를 론즈데일 키 마켓에서 펼쳐 보였던 것이다.

"그런데 그가 어떻게 이곳에서 예술가 클럽에 가입한 거지?"

폴라가 사내에 대해 장황하게 설명하자 론즈데일 키 터줏대감인 비둘기 로버트가 궁금해하며 물었다.

"그가 머물고 있는 호텔이 바로 그 클럽 사람들이 묵는 곳이야. 그래서 쉽게 시에 예술가 등록을 하고 작업할 수 있었어. '춤추는 기타'도 그곳에서 지내."

폴라는 자신이 본 것을 거리낌없이 말했다.

"그런데 왜 그들은 이스트헤이스팅스 거리에 모여 있어요? 거기는 인간들조차 좋아하지 않는 곳이잖아요?"

폴라의 이야기를 듣던 비둘기 루이스는 궁금증을 참지 못했다.

그랬다. 이스트헤이스팅스 거리는 밴쿠버에서 특별한 곳이었다. 불과 1만 2000제곱미터도 안 되는 지역에 150개가 넘는 카메라가 설치되어 있었다. 카메라는 거리 곳곳을 지켜보며 그곳에서 일어나는 일을 모두 경찰서와 시청 담당 부서에 전송했다. 게스타운을 지나 차이나타운으로 이어지는 길목에 위치한 이스트헤이스팅스 거리는 유명한 마약지대였기 때문이다. 그곳에 거주하는 대부분의 사람들은 마약중독자였다. 그들은 지역보호센터에 등록만 하면 손쉽게 마약을 구할 수 있었다. 정부가 지급하는 보조비를 받아 생활하는 마약중독자들에게 그곳만큼 구미가 당기는 곳은 밴쿠버 어디에도 없었다.

"거주비가 가장 싸고 응급 시설이 잘 되어 있기 때문이야."

폴라는 이스트헤이스팅스 거리 주변을 날아다니면서 들었던 정보를 하나둘씩 늘어놓았다.

"그 피에로도 마약을 하나요?"

폴라의 얼굴 표정을 살피면서 루이스가 조심스럽게 물었다. 루이스의 질문이 무엇을 뜻하는지 잘 알고 있던 폴라는 당당하게 말했다.

"아니, 피에로는 마약을 하지 않아. 그가 마약중독자라면 사거리에 있는 마약주사센터에 가야 하는데, 그는 거기에 얼굴을 비추지 않는다고 바니가 말했어."

마약주사센터(Injection drug epidemic)는 이스트헤이스팅스 139번가에 있었다. 주정부에서 운영하는 그곳은 등록한 환자에게 싼값에 마약을 공급해주는 곳이었다. 마약중독자가 등록을 하면 그는 여러 가지 편의를 제공받았는데, 그 가운데 하나가 마약이었다. 일회용 마약을 합법적으로 구입하여 투약할 수 있었다. 이는 에이즈가 퍼지면서 생긴 제도로 마약중독자들의 실태를 파악하고 정부가 관리하기 위해서였다.

"대체 마약중독자는 어떤 인간들이야?"

단 한 번도 노스밴쿠버를 떠나지 않은 비둘기 로버트는 폴라가 마약중독자에 대해 박사처럼 거침없이 설명하자 그들에게 호기심이 생겼다.

"내가 본 한 인간은 대낮인데도 마약에 취해 비틀거렸어.

걸음걸이가 마치 트위스트를 추는 기러기 같았어. 이리 비틀 저리 비틀 하면서 걷는데, 그와 마주친 인간들은 길을 비켜주느라 정신없었어."

폴라는 자신이 본 마약중독자를 떠올렸다. 사내는 위태롭게 비틀거리며 길을 걷다 이내 쓰러졌다. 그러자 불과 삼분도 안 되어 요란한 앰뷸런스소리가 거리를 가득 메웠다. 감시 카메라가 그를 발견하자마자 인근에 대기하고 있던 보건요원들과 경찰들이 달려왔던 것이다. 이스트헤이스팅스 거리에서는 일상적인 모습이었다.

시에서는 뿔뿔이 흩어져 있는 마약중독자들을 감시하고 불안한 시민들이 마음 놓고 거리를 다닐 수 있게 하기 위해 마약중독자들을 일정 지역에 모아둘 필요가 있었다. 그 미끼가 바로 마약이었다. 그리하여 생활에 쪼들리는 마약중독자들은 1만 2000제곱미터 안에 갇혀 살면서 자신의 삶을 마약에 저당을 잡혔다.

"그러니까 마약에서 인간을 구제하기 위해서가 아니라 중독되지 않은 인간을 보호하기 위해 그들을 격리해놓은 것이군."

폴라의 설명을 들은 비둘기 로버트는 고개를 좌우로 흔들면서 인간들의 사악함에 혀끝을 찼다. 그랬다. 그들이 사는 거리는 마약중독자들에게는 천국인 동시에 생을 마감하는 장소이기도 했다. 많은 인간이 그 거리에 발을 들여놓았으며 그곳에서 삶을 마감했다. 천국이란 아무래도 산 자보다는 죽은 자에게 친절한 곳 같았다. 천국에 가기 위해서는 삶의 어떤 것을 포기해야 하기 때문이다. 마약중독자들은 자유로운 삶보다 감시 카메라에 갇히더라도 편안히 죽어가는 것이 좋았다.

폴라의 외출은 한동안 계속되었다. 그는 낮에는 사내와 함께 있다가 저녁에는 바다를 건너가서 자고 다음날 아침에 돌아왔다. 론즈데일 키 새들은 그런 폴라에 대해 한동안 수군거리다가 차츰 잊어버렸다. 다른 새의 행동에 관심을 기울이느니 자신의 삶에 충실하는 것이 밴쿠버 하늘을 날아다니는 데 유익했기 때문이다.

그러던 어느 날 아침 일찍 눈을 뜬 비둘기 루이스 부부는 론즈데일 키 광장으로 눈을 돌리다 깜짝 놀랐다. 아무도 없는 텅 빈 광장에 낯익은 새 한 마리가 덩그러니 혼자 앉아 있었던 것이다. 그 새는 다름 아닌 갈매기 폴라였다. 밤이슬에 날개가 젖었는지 깃털이 축축하게 젖어 있었다. 그 상태로는 날개를 펴고 단 1미터도 제대로 날아갈 수 없을 것 같았다.

"폴라. 무슨 일이에요?"

비둘기 루이스 부부는 얼른 다가가 말을 걸었다. 하지만 폴라는 아무 말도 없었다. 그는 맞은편 바다에 시선을 고정한 채 꼼짝도 하지 않았다. 밴쿠버 새가 그렇게 땅 위에서 넋을 잃는 경우는 별로 없었다. 그렇게 있다가는 도시 곳곳을 떠돌아다니는 도둑고양이나 족제비에게 잡아먹히기 십상이었다.

하지만 루이스 부부는 어떻게 해야 할지 몰랐다. 이제 곧 주변 가게들이 하나둘씩 문을 열고 사람들의 발길이 광장을 메우기 시작할 시간이었다. 그때까지 우두커니 광장 한쪽에 앉아 있다가는 고양이나 아이를 따라온 짓궂은 개에게 폴라가 쫓겨다닐 것 같았다.

"폴라, 무슨 일인지 모르겠지만 이제 움직여야 해요. 그렇게 있다가는 아침 산책객들이 끌고 오는 개들의 장난감이 될지도 몰라요."

루이스 부부가 조심스럽게 충고하자 그제야 폴라는 고개를 돌려 그들 부부를 보고 말없이 고개를 끄덕였다. 그때 두 마리의 비둘기는 보았다. 폴라의 눈에 아주 커다란 물방울 하나가 반짝이는 것을. 폴라는 눈물을 흘리고 있었던 것이다. 눈물은 아침햇살을 받아 일렁이는 바다 위의 윤슬보다 더 크고 밝게 반짝였다.

갈매기 폴라는 눈물방울을 론즈데일 키 마켓 앞바다에 하염없이 떨어뜨렸다. 루이스 부부는 눈물방울이 바다 위에 떨어지면서 내는 소리를 들었다. 그 소리는 지금까지 들은 그 어떤 갈매기의 울음소리보다 더 슬프게 들렸다.

폴라가 다시 움직이기 시작한 것은 그로부터 한 시간이 훨씬 지나서였다. 그의 날갯짓은 힘이 없어 보였다. 폴라는 론즈데일 키 마켓의 높다란 계단을 하나씩 뛰어올라갔다. 그곳은 늙은 새들이 즐겨 찾는 데였다. 젊은 새들과 먹이다툼에서 밀린 새들이 노년을 즐기기 위해 올라가는 곳이었다. 불과 하룻밤 사이에 폴라는 수십 년 세월을 겪은 듯한 모습이었다. 폴라는 그곳에서 자신의 그림자를 길게 늘어뜨리고 하루 종일 앉아 있었다.

폴라가 입을 연 것은 그로부터 일주일 뒤였다. 그동안 론즈데일 키에 온 사내에게는 눈길 한번 주지 않았다.

"나는 이제 인간이라면 그 누구도 믿지 않을 거야."

"무슨 일이 있었는데요, 폴라."

폴라의 목소리를 가장 반긴 새는 그를 묵묵히 지켜보던 루이스 부부였다. 폴라가 며칠 동안 먹지도 않고 론즈데일 키 마켓 전광판 아래 앉아 있는 동안 그들은 땅 위에 떨어진 빵 부스러기와 어린 생선들을 모아 폴라의 발밑에 떨어뜨려주었다. 그날도 마지막 저녁 모이를 폴라에게 가져다주러 갔다가 그의 목소리를 들었던 것이다.

"차마 내 입으로 말 못 하겠어. 피에로에게 실망했을 뿐이야……."

문제는 사내에게 있었던 것이다.

"왜요? 피에로가 무슨 짓을 했는데요?"

루이스 부부가 조심스럽게 폴라의 말에 귀를 기울였다.

"그는 동성애자였어."

"동성애라니요? 그게 뭐죠?"

비둘기 부부는 낯선 단어에 서로 얼굴을 마주보다 폴라에게 물어보았다.

"피에로와 사랑을 나누는 상대가 같은 남자라는 말이야."

"맙소사! 어떻게 그런 일이. 인간들이 이상한 동물이기는 하지만 어떻게 남자가 남자를 사랑하지요?"

새들의 세계에서는 있을 수 없는 일이었다. 어떤 새도 알을 낳는 암컷이 같은 암컷과 사랑을 나누지 않았다. 새들의 질서에 어긋나는 일이었다. 밴쿠버 어디를 가도 그런 모습은 볼 수 없었다. 더욱이 부부끼리 나란히 비행하기 좋아하는 비둘기들에게 그런 사랑은 상상만으로도 놀라웠다.

"그럼 다른 한쪽은 어떻게 되나요? 같은 수컷이 수컷을 사랑하면 다른 두 마리의 암컷은 어떻게 하지요?"

루이스 부부는 걱정스러운 표정으로 론즈데일 키 부근을 오가는 인간들을 보며 말했다. 폴라의 말을 듣는 순간 모든 인간이 남다르게 느껴졌다.

"인간은 남을 위해 사랑하는 것 같지 않아. 자기 자신을 위해 사랑하는 동물인 것 같아. 어떻게 다른 성에 대한 배려를 하지 않는 행위를 하는 거지?"

비둘기 소피는 남편을 향해 걱정스럽다는 듯이 중얼거렸다.

"다른 존재를 통해 자기 존재를 확인하는 행위가 바로 사랑이지. 그것이 남자든 여자든 문제가 안 될 수도 있어. 내가 피에로를 끔찍하게 여기는 이유는 그게 전부가 아냐."

폴라는 비둘기 부부가 걱정하는 것이 무엇인지 알 수 있었다. 그러나 그런 것은 아무 문제도 되지 않았다. 지난 일년 동안 혼자 살면서 터득한 지혜였다. 혼자 살아온 사람들은 자신을 사랑하는 법을 알고 있었다. 그것이 없으면 새든 인간이든 그 어떤 동물도 지상에서 버틸 수 없는 법이었다.

그날 밤 폴라가 본 것은 사랑에 대한 문제만이 아니었다.

"내가 놀란 것은 피에로의 마법이 어디서 오는지 알았기 때문이야."

"피에로의 마법이라니요?"

"응. 그가 동물을 그리는 비법을 알게 되었다는 거야."

사내에 대해 말하는 폴라의 목소리가 힘을 잃고 갈수록 작아졌고 동시에 깃털도 자꾸 땅으로 향했다. 그는 자신이 본 것을 쉽사리 받아들이기 힘든 것 같았다.

"너무 무리하지 마세요, 폴라. 이제 좀 쉬세요."

폴라의 모습을 본 비둘기들은 걱정이 되었다.

"아니, 괜찮아. 이제 나도 마음을 추슬러야지. 지난여름 동안 너무 엉뚱한 일에 정신이 팔려 있었어. 시즌이 끝나기 전에 부지런히 날아다니면서 잃어버린 깃털의 윤기를 찾아야겠어. 그런데 너희는 궁금하지 않니? 저기 저 사내가 어떻게 사람들에게서 다양한 동물의 모습을 찾아낼 수 있었는지……."

말을 마친 폴라가 고개를 들어 가리킨 곳에서는 사내가 비치파라솔을 펼쳐놓고 아이들을 부르고 있었다. 그러나 그를 보는 폴라의 눈빛은 예전의 그것이 아니었다. 싸늘함이 감도는 눈빛에는 경멸감이 어려 있었다. 비둘기 루이스 부부는 불과 하루 만에 폴라를 그렇게 만든 사건이 무엇인지 궁금했다.

"폴라, 지난밤에 당신이 겪은 일이 뭐예요?"

"아주 끔찍했어. 어젯밤에 킹스웨이의 도살자를 만났어."

"킹스웨이의 도살자요? 어떻게 그런 끔찍한 자를……."

*

킹스웨이 도살자는 밴쿠버에 사는 동물이라면 누구나 알고 있는 자였다. 그의 이름을 들으면 모든 동물이 털을 바짝 세우고 진저리를 쳤다. 그도 그럴 것이 그의 손을 거친 동물치고 두 번 다시 하늘을 날거나 연필향나무가 우거진 숲으로 돌아간 동물은 아무도 없었다. 그의 집안으로 들어간 생명은 살아서 나올 수 없었다. 밴쿠버 새들은 킹스웨이 도살자의 가게를 죽음의 박물관이라 불렀다.

죽음의 박물관은 하버센터에서 캐나다 국도를 따라 메트로타운 쪽으로 달려가다보면 왼편에 있었다. 불과 70제곱미터도 채 안 되는 크기의 가게가 밴쿠버 새들에게 악명 높은 이유는 간단했다. 커다란 유리 진열장에는 로키산맥의 곰과 비버, 그리고 새들의 박제가 진열되어 있었던 것이다. 그 진열장 앞에 서면 온몸이 얼어붙어 두 다리와 두 날개를 마음대로 옴짝달싹할 수 없었다. 그것을 바라보는 순간 혼이 쏙 빠져버렸다.

킹스웨이 도살자는 밴쿠버 유일의 박제 제조 기술자로 그는 수많은 새와 동물들의 생명을 빼앗고 빈껍데기만 남겨놓았다. 새들이 그에게 더욱 공포심을 갖는 이유는 그의 손을 거치는 순간 뻣뻣하게 굳은 몸뚱이에 먼지와 곰팡이의 공격까지 받아야 한다는 사실이었다. 죽어서도 마음대로 공중에서 사라지지 못했다.

"아니, 어떻게 이스트헤이스팅스 거리의 킹스웨이 도살자를 만난 거예요?"

"피에로의 동성애자 상대가 바로 그였어."

그랬다. 갈매기 폴라는 이스트헤이스팅스 거리를 돌아다니면서 인간들의 삶이 얼마나 복잡하고 끔찍한지를 눈으로 직접 보았다. 사내는 방으로 들어가면 그런 복잡한 생활에서 벗어나겠다는 듯이 문밖으로 나오는 일이 별로 없었다. 그는 집안에서는 온종일 입고 있던 옷을 벗고 새로운 옷으로 갈아입고 변신했다.

맨 먼저 사내가 하는 일은 커다란 거울 앞에 앉아 자신의 얼굴을 치장하는 것이었다. 그는 어린아이들에게 그려주던 물감 대신 새로운 물감을 꺼내 자신의 얼굴에 그림을 그리기 시작했다. 붓 대신 손바닥에 짝 달라붙는 널찍한 천으로 얼굴을 두드리고 연필로 눈썹 위에 하늘의 달을 닮은 선들을 그려넣었다. 손을 움직일 때마다 그의 피에로 모습은 점점 다른 얼굴로 변해갔다. 그의 변신은 어깨까지 치렁치렁 내려오는 머리를 한 손으로 휘감아서 뒤로 돌려 올리는 것으로 끝이 났다. 그때쯤이면 거울 안에는 전혀 다른 모습의 사내가 있었다. 입술은 붉은 버찌로 물들이고 조금 튀어나온 광대뼈는 살색으로 가린 그 모습이 어둠 속에서는 언뜻 이십대 중반의 아리따운 아가씨처럼 보였다.

"아, 피에로의 손은 확실히 마술사의 손이야. 어떻게 자신을 저렇게 바꿀 수 있을까?"

처음 사내가 화장한 모습을 본 폴라는 신기함에 절로 감탄사를 뱉었다. 그러나 그것도 잠시였다. 사내가 화장을 끝내고 옷을 갈아입을 때 폴라는 화들짝 놀랐다. 사내가 그와는 전혀 어울리지 않는 옷을 입었기 때문이다. 그는 어깨에서 무릎까지 층층이 주름이 겹쳐진 티어드 드레스를 입고 어깨에 반짝이가 달린 블라우스를 입었다. 그러고 나서 그는 누군가를 기다렸다.

처음 사내를 찾아온 이는 춤추는 기타 가운데 멕시코 모자를 쓴 남자였다. 두 사람은 어둠 속에서 함께 술을 마시고 하염없이 담배 연기를 뿜어냈다. 그리고 잠시 뒤 그들은 침대로 가서 함께 누운 채 서로를 쓰다듬었다.

사내의 파트너는 날마다 바뀌었다. 그리고 일주일째 되던 어젯밤, 폴라는 결코 보아서는 안 될 인물이 사내의 방으로 들어가는 것을 보게 되었다. 킹스웨이 도살자가 창문으로 얼굴을 들이밀고 사내의 술잔 앞에 커다란 종이 상자를 내려놓았다. 폴라는 그 상자 안의 내용물을 보자마자 앉아 있던 전봇대에서 곧장 추락했다. 킹스웨이 도살자가 갖고 온 것은 조그만 로빈의 박제였다. 그날 낮에 사내가 무수히 그렸던 로빈의 모습과 똑같은 귀엽고 아름다운 새가 킹스웨이 도살자에게 영혼을 빼앗기고 죽음마저 구금당한 채 박제로 굳어서 나뭇가지 끝에 매달려 있었다. 사내는 죽은 로빈의 부리에 입을 맞춘 뒤 킹스웨이 도살자의 입술에 자신의 입술을 가져갔다. 폴라는 더이상 전봇대에 앉아서 자신이 좋아했던 사내의 행동을 지켜볼 수 없었다. 그 모습을 계속 보는 것은 밴쿠버의 모든 새를 모독하는 일이나 다름없었다.

전봇대에서 떨어졌던 폴라가 정신을 차린 것은 밤이 깊어서였다. 거리에 인적이 끊긴 것으로 보아 새벽 세시가 넘은 듯했다. 폴라는 어두운 밤바다를 날아 론즈데일 키 마켓으로 되돌아왔다. 바다를 건너면서 지금까지 사내에게 정신이 팔려 있던 자신의 모든 행적을 밤바다 위에 그림자와 함께 떨어뜨렸다.

폴라의 이야기를 들은 비둘기 부부는 어렴풋이 그가 경험한 일을 알게 되었다. 그러나 차마 입 밖으로는 꺼낼 수 없었다. 폴라의 삶에서 지난여름 동안 벌어졌던 일이 무엇이었는지, 그리고 그것이 무엇을 뜻하는지는 누구보다도 그들 부부가 가장 잘 알고 있었기 때문이다.

앵무새 부코

까마귀는 먹이 사냥을 할 때 나름대로 규칙이 있었다. 태어난 지 얼마 되지 않는 새들은 어미를 따라다니며 사냥을 배우다가 쓰레기통을 뒤지거나 길거리에 떨어진 먹이를 스스로 찾아 먹을 정도가 되면 사냥 구역을 배정받았다.

올해 태어난 찰스가 배정받은 에드먼즈 스테이션 일대는 삭막한 구릉지대였다. 그곳에는 밴쿠버 명물인 스카이트레인을 따라 오션파크가 들어서 있었고 그 중간에는 스카이트레인 정비기지가 있었다. 에드먼즈 스테이션 일대는 먹이를 쉽게 구할 수 있을 만한 곳이 아니었다. 인적이 뜸할 뿐 아니라 먹이를 손쉽게 구할 수 있는 쓰레기통이나 버려진 음식물 찌꺼기도 찾아보기 힘들었다.

찰스가 그곳을 배정받고 한동안 불평을 늘어놓은 것도 그 때문이었다. 그가 먹을 수 있는 것은 나무 열매 아니면 숲속의 벌레뿐이었다. 한참 자라나는 까마귀에게는 보다 기름진 음식이 필요했다. 그런 먹을거리는 아무래도 인간들이 남긴 음식물 찌꺼기나 죽은 짐승의 고기 같은 것이었다. 하지만 찰스의 사냥 구역에서는 쉽사리 발견할 수 없었다. 그나마 위안이 된다면 이 일대가 한때 블루베리 농장이 있었던 덕에 열매가 곳곳에 널려 있다는 점이었다.

처음 그를 발견한 것은 찰스였다. 그날도 찰스는 서툰 솜씨로 에드먼즈 스테이션 주위를 비행하며 먹이를 찾아 헤매다 블루베리를 따먹고 쉴 곳을 찾아 스카이트레인 정비기지 쪽으로 날아갔다. 그곳은 주변 나무들이 모두 벌목된 상태라 시야를 확보하기 좋았다. 찰스는 정비기지 입구 쪽에 있는 포플러 나뭇가지에 앉아 목젖이 보이도록 크게 하품을 했다. 그러고 나서 그가 고개를 정비기지 쪽으로 돌렸을 때 찰스의 입에서 탄식이 튀어나왔다.

"맙소사!"

찰스는 방금 자신이 한 말에 깜짝 놀라 꽁지깃을 잔뜩 치켜든 채 포플러 나뭇가지 위에서 60센티미터나 높이 뛰어올랐다 앉았다. 그 탄식은 까마귀들 사이에서는 매우 특별한 의미가 담긴 소리였다. 검은색 털로 뒤덮인 머리로는 이해할 수 없는 사건이 벌어졌을 때 불쑥 내뱉는 말이었다.

찰스의 시선이 멈춘 곳은 스카이트레인 정비기지 출구 쪽이었다. 정비기지에는 항상 스카이트레인이 있었다. 시내를 달리던 작은 열차가 이곳에서 정비를 받거나 새로 도색을 받는 곳이었다. 늘 보아오던 익숙한 풍경을 그가 뚫어지게 쳐다본 이유는 정비기지에 새로운 열차 하나가 막 모습을 드러내고 있었기 때문이다.

네 칸짜리 열차는 밴쿠버의 여름 시즌을 앞두고 새롭게 단장을 마친 모습이었다. 그런데 열차 색깔이 여느 흰색의 스카이트레인과는 달랐다. 열차 전체가 파란색과 노란색, 흰색으로 새롭게 디자인되어 있었다. 하지만 그것 때문에 찰스가 요란하게 울어댄 것은 아니었다. 그가 목청 높여 크게 감탄사를 내뱉은 이유는 열차의 세번째 칸에 타고 있는 새 때문이었다. 그곳에는 커다란 앵무새 한 마리가 있었다. 부리 끝이 심하게 구부러진 앵무새는 스카이트레인 창문과 출입구에 걸쳐 날개를 활짝 펼치고 있었다. 막 비상하려는 새의 전형적인 모습이었다. 한껏 접혀 있는 두 다리가 몸통에 붙어 있었다.

찰스가 그 새를 정신없이 보고 있을 때 다른 까마귀들이 한 마리씩 차례로 날아들었다. 찰스의 비명에 낯선 침입자가 나타난 줄 알고 동료 까마귀들이 포플러 주변으로 몰려들었던 것이다. 그러나 그들 역시 스카이트레인 세번째 칸의 앵무새를 보고 모두 입을 크게 벌리고 소리쳤다.

"와우! 새가 스카이트레인을 타다니……."

이틀도 채 지나지 않아 밴쿠버의 모든 새가 스카이트레인을 탄 새의 존재를 알게 되었다. 밴쿠버 새들 역사상 한 존재가 그렇게 빨리 알려진 경우는 없었다. 워터프런트에 있는 갈매기 무리부터 시작하여 메트로타운 근처의 비둘기 무리, 저멀리 킹조지 스테이션 넘어 서리 일대의 새들에게까지 일파만파 퍼졌다. 그리고 이내 그 새에게는 이름이 붙었다. '스카이트레인을 타는 부코.'

앵무새 부코의 존재는 그렇게 밴쿠버의 모든 새에게 알려졌다.

"이제 새들도 스카이트레인을 타고 날아다니는 시대가 된 거야."

워터프런트 근방에 사는 갈매기 해밀턴이 말했다.

"하긴 이제 우리도 변할 때가 됐어. 인간만이 스카이트레인을 타고 다니란 법이 어디 있어?!"

먹이 사냥 구역이 가까이 있어 갈매기 해밀턴과 안면이 있는 까마귀 조슈아가 말했다.

스카이트레인은 밴쿠버의 모든 새에게 골칫거리였다. 도시를 관통해 동쪽에서 서쪽으로 뻗은 9미터 높이의 스카이트레인 선로는 새들만의 영역이라고 생각한 그들의 비행 구역을 점령하고 있었다. 1986년 밴쿠버박람회를 기념하기 위해 만들면서 비싼 도심 땅값과 보상비를 피해 공중에 건설되었기 때문이다.

스카이트레인은 이내 밴쿠버 새들의 원성을 샀다. 이른 아침부터 자정을 넘어서까지 밴쿠버 상공을 가르고 다녀 밴쿠버 새들 사이에서는 스카이트레인을 경계로 비행 구역을 새로이 조정하자는 이야기까지 나왔다. 무인으로 달리는 스카이트레인에 부딪혀 몇 마리의 새가 사고로 목숨을 잃은 뒤에 나온 제안이었다.

난폭한 스카이트레인은 시속 60킬로미터로 달리며 공중을 나는 새들의 법칙을 무시했다. 새들은 적대 세력이 아니면 예정된 남의 비행 노선에 머리를 들이미는 식의 무례한 짓은 하지 않았다. 하지만 스카이트레인은 그런 새들의 법칙에는 아랑곳하지 않고 새들이 날아다니는 공중을 제멋대로 누비고 다녔다. 그런데 어느 날 무법자 스카이트레인을 이용해 공중을 날아다니는 앵무새 부코가 나타났고 이는 모든 새의 관심을 끌기에 충분했다.

갈매기 해밀턴은 자신의 의문을 누군가 풀어주기를 바랐다.

"부코는 도대체 어디에 있다가 나타나는 걸까?"

해밀턴뿐 아니라 밴쿠버의 모든 새가 그의 둥지가 어디 있는지 궁금해했다. 부코는 밴쿠버 새들에게 단 한 번도 잠든 모습을 들킨 적이 없었다. 그는 매일 해가 뜨자마자 킹조지 스테이션 앞에 모습을 드러냈다. 그러고는 날개를 활짝 편 채 아침 햇살을 받으며 스카이트레인을 타고 워터프런트까지 날아갔다. 워터프런트에 이르러서는 바다 옆으로 난 선로를 따라 버너비만을 한 번 굽어보고는 다시 킹조지를 향해 커다란 날갯짓을 했다.

"부코가 밴쿠버에 사는 것은 확실해?"

"그렇지 않고서는 그렇게 날마다 똑같은 코스를 날아다닐 순 없잖아."

"그래, 나도 그렇게 생각해. 날마다 나타나는 걸 보면 말이야. 그런데 이상하지 않아? 날개를 활짝 펼친 채 그렇게 빠르게 난다는 게 정말 신기하거든. 우린 날개를 접어 공기 저항을 줄일 때 속도가 빨라지잖아. 그런데 앵무새는 이상해.

정말 이해할 수 없는 존재야."

갈매기 해밀턴 말에 동의하면서도 까마귀 조슈아는 무언가 미심쩍었다. 사실 부코가 밴쿠버에 처음 나타난 앵무새는 아니었다. 밴쿠버 새들에게는 또 한 마리의 앵무새가 기억 속에 남아 있었다. 얼스라 불리던 앵무새였다. 그가 나타난 곳은 화이트록이었다. 바닷가에 흰 바위가 있어서 붙여진 지명의 화이트록은 밴쿠버에서 시애틀 쪽으로 내려가다 만나는 관광지였다. 레스토랑이 즐비한 바로 그곳에 앵무새 얼스가 나타났던 것이다.

그의 이름이 얼스인 이유는 그가 나타난 상점의 간판이 얼스였기 때문이다. 은퇴한 노인들이 자주 찾는 그곳은 버스 정류장 근처에 있었다. 어느 날 그 얼스 간판 위에 거대한 새 한 마리가 내려앉았다. 초록색 깃털에 노란 솜털이 박힌 그 새는 화려한 깃털을 뽐냈다. 부리는 잡식성 새들과 달리 심하게 굽어 있었고 머리에는 붉은 깃털이 벼슬처럼 돋아나 바람을 갈랐다.

얼스는 화이트록에 사는 갈매기와 까마귀, 가마우지에게 공포의 대상이었다. 그는 전설로만 듣던 빅버드로 착각할 만큼 덩치가 굉장히 컸다. 날개를 펼치지도 않았는데 키는 1미터가 넘었고 간판의 굵은 쇠막대 위에 내려앉은 그의 발톱은

25센티미터가 넘었다. 일반적으로 날개를 펼치지 않은 새들의 키가 양쪽 날개 길이의 절반이 넘지 않는 것을 감안할 때 얼스의 비행은 끔찍한 일이 아닐 수 없었다.

밴쿠버를 날아다니는 새들 가운데 3미터가 넘는 면적을 차지하는 새는 금세기 들어 단 한 마리도 없었다. 만약 그가 날갯짓을 한다면 최소 15미터가 넘는 비행경로를 차지해야만 할 터였다. 그렇게 넓은 비행경로를 가진 새는 빅버드 외에는 있을 수 없었다. 화이트록의 새들은 얼스가 빅버드의 변신일 것이라고 생각했다. 그러나 얼스는 그런 구원의 새가 아니었다. 왜냐하면 얼스가 간판에 내려앉은 이후로 날갯짓을 단 한 번도 하지 않았기 때문이다. 얼스는 레스토랑 주인이 손님을 끌기 위해 만들어놓은 플라스틱 앵무새였다.

하지만 앵무새 부코는 얼스와 달랐다. 그는 하루종일 밴쿠버의 스카이트레인 노선을 따라 날아다녔다. 그리고 시간의 변화에 따라 여러 모습으로 변했다. 태양의 고도가 바뀔 때마다 부코의 날개깃 빛깔은 까마귀의 깃털처럼 조화를 부렸다. 아침에는 유리창의 붉은 기운에 따라 위쪽 날개들이 더욱 붉은색으로, 점심때는 번쩍이는 은빛으로, 저녁에는 노란색 금빛으로 바뀌었다.

앵무새 부코의 정체가 밝혀진 것은 시간이 한참 지나서였다. 부코가 밴쿠버에 나타난 지 한 달이 지난, 몹시 바람 부는 어느 일요일이었다. 그날 까마귀 더스틴은 맞바람을 헤치며 조이스 스테이션 부근을 날고 있었다. 그는 버너비공원에서 프레이저강으로 가는 중이었다. 바람은 거친 손길로 더스틴의 얼굴을 후려쳤다. 날갯짓을 할 때 잠시 공중으로 떠올랐던 더스틴의 몸은 이내 다시 지상으로 곤두박질쳤다.

"이런 날 비행은 정말 싫어."

더스틴은 한 시간 동안 겨우 5킬로미터 정도를 날았다. 까마귀의 비행으로는 참으로 창피한 속도였으나 그는 프레이저강으로 날아가야만 했다. 그곳에서 지난봄에 헤어졌던 친구와 만나기로 약속이 되어 있었다. 한 십여 분 동안 더스틴은 다시 맞바람을 가르며 날갯짓을 했다. 갈수록 근육이 떨리고 목이 뻣뻣해졌다.

더스틴은 혼자 중얼거렸다.

"안 되겠는데…… 조이스 스테이션 근처 아파트에서 쉬었다 가야겠어!"

그 무렵 조이스 스테이션 부근에는 새 아파트들이 들어서고 있었다. 처음에는 조이스 스테이션 서쪽에 두 동의 아파트가 들어섰고 이후에는 동쪽과 남쪽에도 이십층이 넘는 아파트가 하늘 높이 치솟았다. 도심의 이런 고층 빌딩들은 새들에게 무척이나 성가시고 위협적이었다.

일단 고층 빌딩이 들어서면 무엇보다 그 주위의 공기 흐름이 바뀌었다. 건물 양옆으로 빠져나가는 바람이 심한 난기류를 형성하며 비행에 서툰 새들을 위협했다. 그뿐 아니라 어떤 빌딩은 새들의 목숨을 빼앗기도 했다. 특히 일년에 한두 번씩 밴쿠버 상공을 지나는 철새들에게는 매우 위험했다. 이런 사정을 알지 못하는 철새들은 아파트나 고층 빌딩 사이로 비행하다가 유리창에 부딪쳐 두 번 다시 날갯짓을 할 수 없는 일을 비일비재하게 겪었다.

하지만 어느 정도 고층 빌딩에 익숙한 새들에게 그곳은 천혜의 휴식처였다. 고층 빌딩 꼭대기는 인간의 위협으로부터 안전했다. 인간들도 하늘이 무서운 것은 아는지 빌딩 옥상으로 올라와 새들을 쫓거나 위협하는 일이 드물었다. 밴쿠버의 까마귀들은 그런 특성을 이용해 종종 고층 빌딩 옥상에서 쉬었다 가기도 했다.

까마귀 더스틴이 조이스 스테이션 부근 아파트에서 잠시 쉬었다 가기로 한 것도 그 때문이었다. 그는 아파트 부근에서 날개깃을 잔뜩 모으고 등줄기 근육을 긴장시켰다. 빌딩 사이의 난기류에서 빠져나오기 위해서였다. 그렇게 날개의 폭을 좁히면 선회하거나 방향을 조절하기 쉬워 재빨리 비행경로를 변경할 수 있었다. 아파트 옥상으로 다가가던 더스틴은 옥상 난간이 보이자 착지하기 위해 다리 근육을 느슨하게 풀었다.

그때였다. 한줄기 거친 난기류가 측면에서 불어와 더스틴의 몸통을 후려쳤고 그 바람에 그만 균형을 잃고 말았다. 잠깐 사이에 더스틴은 지상으로 3미터나 곤두박질쳤다. 그렇게 추락하는 그의 눈앞으로 아파트 베란다 유리창이 바싹 다가왔을 때에야 그는 간신히 두 날개를 푸드덕거리며 수직 상승할 수 있었다. 조금만 더 떨어졌으면 그 역시 밴쿠버의 불행한 까마귀가 되었을 것이다.

"큰일날 뻔했어. 휴우."

이마 사이로 굵은 땀방울이 흘러내렸다. 몇 번의 역추진 날갯짓으로 겨우 고도를 잡은 더스틴은 옥상에 오르기를 포기하고 아파트 베란다에 내려앉기로 했다. 조금 위험하기는 하지만 그래도 제법 쉴 만한 곳이었다. 어지럽기 그지없는 고층 빌딩의 난기류도 그곳에서는 잠시 멈추었다. 위기에서 벗어난 더스틴은 안정이 필요했다.

더스틴은 먼저 눈앞의 아파트 베란다로 다가가 조용히 착지했다. 그가 내려앉은 곳은 아파트 십칠층이었다. 베란다라고 해서 모두 쉴 수 있는 곳은 아니었다. 버릇없는 고양이를 기르거나 베란다에 조류 방지망을 쳐놓은 곳은 피해야 했다. 그래서 새들은 베란다에 앉으면서 제일 먼저 집안을 살피는 버릇이 생겼다. 그렇게 아파트 안을 살피던 더스틴은 순간 헉 소리와 함께 숨을 들이마시는 것을 잊었다.

"저게 누구야?!"

아파트 안을 들여다본 더스틴은 깜짝 놀라 입을 벌리고 다물지 못했다. 그곳에는 밴쿠버의 모든 새가 가장 궁금해하던 해답이 있었다. 바로 앵무새 부코가 있었던 것이다. 더스틴은 가슴이 쥐어뜯기는 듯한 통증을 느끼고서야 머리를 좌우로 세게 흔들었다. 그러고는 재빨리 숨을 들이쉬고 벌린 입을 닫았다. 더스틴은 자신이 본 사실을 다시 한번 확인하기 위해 눈을 커다랗게 떴다.

"이럴 수가! 부코가 여기에 살다니……."

정신을 차린 더스틴은 나직이 중얼거렸다. 더욱 놀라운 일은 앵무새 부코의 행동이었다. 부코는 인간과 눈높이를 맞추고 부리를 열심히 움직였다. 그가 말하는 것이 무엇인지는 더스틴도 잘 알고 있었다. 새들이 상대방의 눈높이에 맞추어 부리를 벌리는 일은 딱 하나밖에 없었다. 서로의 의견을 교환하는 것. 그것도 적의 없는 의견. 즉 대화를 하는 경우였다.

그날 저녁 밴쿠버의 모든 새는 충격에 휩싸였다. 스카이

트레인을 타는 부코의 둥지가 알려진 것만 해도 놀랄 일이었는데, 그가 인간과 대화를 한다는 사실에 걷잡을 수 없는 혼란에 빠졌던 것이다.

"이런 일은 일찍이 없었어. 새가 인간과 대화를 하다니! 더스틴이 잘못 봤을 거야."

까마귀 더스틴의 소식에 갈매기 루크는 의혹을 제기했다. 그러자 그 옆에 있던 동료가 그를 비웃기라도 하듯이 소문의 정체를 보다 확실히 확인해주었다.

"수십 마리나 되는 디어 레이크의 비둘기들 눈도 의심하는 거야?"

"비둘기 무리도 그걸 봤다고?"

"까마귀 더스틴이 자기 무리로 돌아가려다 그들을 만났대. 그의 비행이 하도 이상해서 비둘기들이 왜 그러냐고 묻자 그가 아파트 난간을 가리켜서 디어 레이크에 있는 이십 여 마리의 비둘기가 그 광경을 보았대. 얼마나 놀랐는지 소란까지 피웠다던데?"

그 옆에 있던 다른 갈매기가 고개를 끄덕이며 소리쳤다.

"그렇다면 어떻게 그럴 수 있지? 새가 인간의 집에 사는 일은 가끔 있어. 하지만 인간과 대화를 하다니…… 난 믿기지가 않아."

밤이 늦었는데도 워터프런트 일대에 흩어져 있던 갈매기들은 스카이트레인 위에 지어놓은 둥지에서 시끄럽게 떠들었다. 그런 광경은 워터프런트뿐 아니라 밴쿠버 새들이 모여 있는 곳이면 어디서나 벌어졌다. 대부분의 새들은 소문의 실체를 직접 확인하고 싶어했다. 그날 저녁 '지혜의 숲'에서 결정된 소식이 전해졌다. 앵무새 부코에 대한 내용이었다.

> 오늘 낮에 조이스 스테이션에서 스카이트레인을 타는 부코의 둥지가 확인되었음. 밴쿠버 새로 아직 등록되지 않은 새 정체를 파악하기 위해 긴급 제의를 함. 이 낯선 친구에 대해 각 무리의 호기심이 대단한 줄 알고 있으나 조심할 필요가 있음. 인간과 대화하는 새의 정체를 확인할 필요가 있음.

또한 전언에는 부코가 동료 새인지 아니면 인간이 새들을 유인하기 위해 만들어놓은 새인지 확인하기 전까지는 그의 둥지 주변 비행을 제한한다는 내용이 덧붙어 있었다.

'지혜의 숲'의 현자 부엉이 러레인의 긴급 연락으로 밴쿠버 원로들이 모여 내린 결론이었다. 이후 밴쿠버 새들에게 금지 구역이 정해졌는데, 바로 조이스 스테이션 부근 아파트였다. 그 지역의 접근 권한은 맨 처음 부코의 둥지를 발견했던 까마귀 더스틴과 디어 레이크 비둘기들에게만 관찰병이란 명목으로 허가했다. 이는 난기류가 심한 그곳에 어린 새들이 호기심으로 찾아가다가 당할 사고를 미연에 방지하기 위해서이기도 했다. 다음날 새로운 태양이 밴쿠버에 모습을 드러내면서부터 밴쿠버 새들 무리는 '지혜의 숲'에서 내려진 지침에 따라 행동했다.

'지혜의 숲'의 지침이 내려진 뒤부터 까마귀 더스틴은 조이스 스테이션 부근에서 하루종일 살았다. 그의 일과는 간단했다. 하루에 네 차례씩 비둘기 무리들과 번갈아가면서 앵무새 부코의 생활을 관찰하는 것이었다. 이후 부코의 정체가 하나둘씩 밝혀졌다. 스카이트레인을 타는 부코는 합성 이미지 사진이었다. 부코는 자신과 함께 사는 인간과 함께 광고 모델로 출연했던 것이다. 밴쿠버 새들에게 실망감을 안겨다 주는 소식이었다.

그러나 한편으로는 밴쿠버 새들에게 감동을 주기도 했다. 앵무새 부코가 인간과 대화를 하다니……. 그것도 호흡과 음정의 높이로 대화를 하는 것이 아니라 인간처럼 혀를 굴려서 내는 말소리 형태로 말을 하다니……. 이빨이 없는 새들에게는 거의 불가능한 소리였다. 그러나 까마귀 더스틴과 비둘기들은 열린 창틈으로 분명히 들었다. 인간이 뭐라고 말을 하자 앵무새 부코가 자음과 모음으로 구성된 단어를 정확히 내뱉었다.

"이봐, 거기 있는 사람."

그때 비둘기들이 옆에 있지 않았다면 더스틴은 자신이 꿈을 꾸고 있다고 믿었을 것이다. 그가 놀라서 날개를 퍼덕이자 옆에 있던 비둘기 슈만이 난간에서 미끄러지면서 비둘기 특유의 길고 여운 있는 욕설을 퍼부었다.

"이런, 미친놈! 아무리 놀랐기로서니 동료를 이렇게 밀치다니!"

"오, 정말 미안해. 부코의 말에 너무 놀라서 그만……."

비둘기 슈만은 아파트 십일층까지 내려갔다 올라와서 다시 난간에 앉으며 말했다.

"미안해할 것 없어. 네가 나보다 귀가 밝아서 먼저 그 소리를 들었을 뿐이야. 나도 놀라서 날개를 활짝 펼치려던 참이었어. 그래서 쉽게 균형을 잡을 수 있었어."

그 말에 더스틴은 자기 귀가 아무 이상이 없음을 알고 안도했다.

"너도 들었구나? 앵무새 부코의 말을. 난 말이야, 아파트 유리창에 비친 강렬한 태양에 내 귀가 이상해졌나 하고 잠시 착각했어."

앵무새 부코가 할 수 있는 말은 생각보다 다양했다. 초인종이 울리면 사람처럼 소리를 질렀다.

"누구세요? 누구세요?"

그뿐만이 아니었다. 가끔 부코는 함께 사는 인간을 욕하기도 했다.

"이런 나쁜 새끼. 지옥에나 떨어져라!"

앵무새 부코가 인간에게 새들의 예언을 전한다는 소식이 전해지자 밴쿠버 새들이 술렁였다. 까마귀 무리는 더욱 소란스러웠다.

"진짜 그렇게 인간에게 말했단 말이지?"

"그 소리를 듣는 순간 더스틴은 가슴이 후련해서 뼛속의 공기들이 진동을 하는 것 같았대."

"나라도 그랬을 것 같아. 이제 우리도 인간들에게 의사를 분명히 밝혀야 할 때가 온 거야. 그동안 수많은 방법으로 그들의 어리석음을 경고했지만 머리가 우둔한 인간들이 그 말을 듣지 않았어. 이젠 확실하게 경고를 해야 돼. 더이상 새들의 영역을 침범하지 말라고."

흥분을 잘하는 갈매기 폴라는 특유의 소프라노 목소리로 온 숲이 떠나가도록 소리쳤다.

여름이 시작되면서 등장한 앵무새 부코의 존재는 시간이 지날수록 새들의 무리를 흥분시켰다. 초가을인 구월의 일요일 '지혜의 숲'에서 앵무새 부코에 대한 대책 회의가 열린다는 소식이 전해졌다. 부코의 직위를 어떻게 할 것인가에 대한 회의이기도 했다. '지혜의 숲'에는 밴쿠버 새들의 각 대표가 대거 모여들었다. 그 회의에서 가장 먼저 발언한 새는 갈매기 무리를 대표하는 외눈박이 니카였다.

"존경하는 밴쿠버 하늘의 동료 여러분. 우리 갈매기들은 스카이트레인을 타는 앵무새 부코에게서 새의 직위를 박탈해야 한다고 생각합니다."

갈매기 대표의 말에 반기를 든 것은 비둘기였다. 디어 레이크의 알렉스는 가소롭다는 듯이 그 말을 받았다.

"여러분, 저희는 그 의견에 반대합니다. 하늘은 늘 자유의 편이었습니다. 우리 새들이 날개를 갖고 공중을 비행한 이래 태양이 말했습니다. 발이 그림자에 닿지 않고 살아온 자들은 누구나 하늘에 자신의 심장을 묻을 수 있다고. 스카이트레인을 타는 부코 역시 날개를 갖고 있고 그의 그림자 역시 땅 위를 날아다닙니다. 그러므로 부코도 우리 동료로 받아들여야 합니다."

갈매기와 비둘기 사이의 의견 대립은 충분히 예상한 것이었다. 그들은 어떤 새들보다도 인간들과 친했다. 밴쿠버 하늘을 날아다니는 새치고 그들보다 인간과 가까운 부류는 없었다. 인간들은 바닷가에서 갈매기들에게 자신의 먹이를 나누어주었으며 집에서는 비둘기를 위해 모이통을 따로 만들어주기도 했다. 그래서 그들은 누가 인간을 더 잘 이해하는지를 두고 다투기도 했다. 밴쿠버에 관광객이 늘어나면서 그 다툼은 갈매기에게 유리하게 작용하는 것 같았다.

그러던 차에 인간과 눈을 마주치며 인간의 말로 자신의 의사를 나타내는 앵무새 부코의 등장은 비둘기들에게는 절호의 기회였다. 그들은 이번 기회에 보다 적극적으로 인간 편에 서서 그동안 실추되었던 직위를 회복하고자 했다. 더욱이 그동안 앵무새 부코를 관찰하는 일에 가장 많이 참여한 새들도 그들이었다. 까마귀는 인간의 눈에 쉽게 띄기 때문에 조이스 스테이션 지역에 가장 많이 배치되었던 새들은 바로 비둘기였다.

쉽게 결론이 나지 않았다. 이후 왜가리를 비롯해 가마우지, 그리고 옵서버로 청둥오리까지 참여했지만 앵무새 부코를 동료로 인정하자는 쪽과 그에 반대하는 쪽이 팽팽히 맞섰다. 이런 분란이 계속되자 결국 '지혜의 숲'의 현자 러레인이 나섰다.

"존경하는 신의 사자들이여."

러레인의 목소리가 회의장을 둘러싼 연필향나무 가지 끝을 흔들자 모든 새가 입을 다물고 그를 바라보았다.

"여러분, 우리 하늘의 자손들은 지난 몇 달 동안 커다란 홍역을 치렀습니다. 스카이트레인에 탄 앵무새 부코의 등장으로 인해 어린 새들의 가치관마저 흔들렸으며, 더불어 부코의 목소리는 밴쿠버 새들에게 새로운 가능성을 열어주었습니다. 이제 우리가 그를 동료로 받아들이느냐, 인간의 편에 선 배신자로 여기느냐 결정하는 것은 매우 중요한 의미가 있습니다. 이를 두고 하늘의 동료들이 서로 분란을 일으키는 건 좋지 않습니다. 저는 제의합니다. 최종 결정을 앞두고 지금껏 관찰만 하는 것에서 더 나아가 당사자인 앵무새 부코의 말을 들을 필요가 있을 것 같습니다."

'지혜의 숲'에 모여 있던 새들은 부엉이 러레인의 말에 모두 고개를 끄덕였다.

사실 그동안 각종 새들의 우두머리들은 까마귀 더스틴과 비둘기들의 보고서를 읽어왔다. 이를 통해 부코의 하루 스케줄이나 그의 배설물이 어떻게 처리되는지 등을 알 수 있었다. 그런데 정작 가장 중요한, 그가 무슨 생각을 하는지는 관찰 보고서에서 빠져 있었다. 관찰자들에게 객관성을 유지하도록 사건을 달지 못하게 했기 때문이다.

"어떻게 우리가 앵무새 부코의 증언을 들을 수 있을까요?"

새들의 침묵을 깬 것은 까마귀 찰스였다.

"그는 유리창 안에 갇혀 있습니다. 비록 그 안에서는 자유롭게 날아다니지만 아파트 유리창이 두꺼워 안에서 밖으로 나오는 것은 불가능합니다."

새로운 문제가 제기되었다. '지혜의 숲' 현자 러레인이 해결책을 내놓았다.

"그건 어려운 일이 아닙니다. 보고서에 의하면 그 아파트의 베란다는 새들의 접근을 막는 조류 방지망이 설치되어 있지 않습니다. 우리 배설물을 이용해 유리창 안의 앵무새 부코를 밖으로 불러낼 수 있을 겁니다."

"배설물을요?"

디어 레이크의 비둘기를 대표하여 참석한 새가 고개를 갸웃거리며 되물었다.

"인간은 자신의 주거지역에 우리 새들의 배설물이 쌓이면 그것을 치우는 버릇이 있습니다. 앵무새 부코와 함께 사는 인간 역시 마찬가지일 겁니다. 베란다에 여러 새의 배설물이 쌓이면 그걸 치우기 위해 유리창을 열고 밖으로 나올 겁니다. 그때 우리가 앵무새 부코를 불러내면 됩니다."

모든 새가 러레인의 지혜에 감탄을 금치 못했다. 즉각 그 계획을 실행에 옮겼다. 비둘기 무리를 비롯한 까마귀들이 사흘 동안 그 집 베란다를 들락거렸다. 나흘째 되던 날 앵무새 부코와 대화를 나누던 인간이 흰색과 짙은 황색으로 얼룩진 베란다를 발견하고는 마침내 유리창을 열고 나왔다. 그때 갈매기 니카가 괭이갈매기 특유의 목소리로 앵무새 부코에게 소리쳤다.

"부코, 이리로 나와봐!"

인간이 베란다 청소를 하는 동안 주위를 서성이던 앵무새 부코가 아파트 건너편 지붕 위에서 새 목소리가 들리자 고개를 치켜들었다. 그리고 뒤틀린 목소리로 인간의 말을 흉내냈다.

"넌 누구야?!"

갈매기 니카는 그 소리를 듣자 등골이 오싹해지는 느낌이었다. 그러나 명색이 그 무리의 대표였다. 앵무새 부코가 도발적으로 자신을 향해 소리쳤지만 조금도 기가 꺾이지 않은 채 맞받아쳤다.

"나는 갈매기 니카야. 너에게 물어볼 말이 있어. 잠시만 이리로 나와볼래?"

그 말에 유리창 안쪽의 앵무새 부코가 열린 문틈으로 고개를 내밀었다. 그러고는 그가 날개를 유리창 밖으로 내미는 순간 아파트 일대를 지나던 편서풍의 방향이 바뀌었다. 그 바람에 맞은편 베란다에 있던 갈매기 니카가 중심을 잃고 휘청거렸다. 두 아파트 사이를 빠져나가려던 바람이 서로 맞부딪쳐서 와류, 즉 돌풍이 크게 일어났던 것이다.

"오, 이런!!"

단말마의 비명소리에 니카가 고개를 돌렸을 때 앵무새 부코가 추락하고 있었다. 돌풍은 십칠층 베란다 공간으로 반사되어 커다란 공명음을 만들었으며 그때 문틈으로 빠져나오려던 부코가 돌풍에 휘말렸던 것이다. 주변에 있던 새들은 부코가 비행 속도를 회복하지 못할 지경에 이르렀음을 파악했다. 어떤 새들도 단번에 30미터씩 수직으로 떨어지는 경우는 없었다. 그때는 에어포켓에 빠지거나 날다가 전깃줄에 부딪쳐 의식을 잃었을 때뿐이었다.

앵무새 부코가 아파트 삼층 근처까지 떨어졌을 때 모든 새가 눈을 감았다. 부코가 추락하지 않기 위해 날개를 퍼덕이는 모습을 보는 순간 새들은 알았다. 그의 비행 솜씨가 형편없다는 것을. 밴쿠버의 어떤 새도 그처럼 어설프지는 않았다. 그는 날갯짓보다 두 발로 공중을 헛짚는 동작을 했다. 그렇게 해서는 결코 추락하는 몸을 공중으로 띄울 수 없었다.

쿵!!!

마치 밴쿠버의 모든 새의 가슴에서 한꺼번에 터져나오는 소리 같았다. 부코가 땅바닥에 머리를 부딪는 소리였다. 인간과 함께 살아온 부코를 자랑스러운 하늘의 동료로 초대하려는 일은 그렇게 끝이 나버렸다. 부코가 추락한 지점 주변으로 노란색과 푸른색이 감도는 깃털이 흩어졌으며 시멘트 바닥에는 붉은 선혈이 얼룩졌다.

세계에서 최초로 스카이트레인을 타고 밴쿠버 하늘을 날았던 앵무새 부코는 그렇게 사라졌다.

빅버드의 그림자

십일월이 되자 본격적인 우기가 시작되었다. 태평양을 건너온 편서풍은 빅토리아섬에 닿자 가쁜 숨을 제대로 몰아쉴 수 없었다. 해발 1200미터가 넘는 그라우스산에 부딪치며 만들어진 소용돌이가 몹시 부담스러웠던 것이다. 한동안 거칠 것 없는 바다 위를 달려오다 갑자기 눈앞에 펼쳐진 거대한 산봉우리에 놀라 자신도 모르게 구름 위까지 치솟아올랐다가 거친 숨을 토해내며 다시 지상으로 몸을 낮추었다. 밴쿠버만에 닿은 바람은 자연 걸음걸이가 어지러워졌다.

바람이 닿은 깃발은 거칠게 펄럭였고 파도는 조그만 어선의 뱃전에 닿기만 해도 흰 포말을 토해놓았다. 이런 걸음걸이로는 백설을 이고 있는 로키산맥을 넘어 앨버타 초원까지 가닿을 수 없었다. 바람은 밴쿠버 주위에서 숨을 한 번 고른 뒤 로키산맥을 더듬어오르기 시작했다.

밴쿠버 생명치고 우기를 좋아하는 동물은 없었다. 하늘은 수증기 가득한 낮은 구름과 빗방울 때문에 햇살을 제대로 볼 수 있는 날이 드물었다. 아침은 늘 안개가 끼어 있었고 잦은 가랑비는 새들의 날개 끝을 적셨다.

그런 십일월 어느 날 센트럴파크에서 간간이 빗방울이 떨어지는 잿빛 하늘을 올려다보던 비둘기 로라는 강하게 도리질하며 신경질 가득한 목소리로 투덜거렸다.

"미치겠어. 어떻게 일주일 내내 비가 내리는 거야. 빗방울은 안식일도 모르는 모양이지?"

소프라노에 가까운 로라의 음성에 주변의 새들이 돌아다보았다.

"올해 우기가 예전보다 좀 심하기는 해. 그렇다고 벌써부터 신경질을 내다니…… 그렇게 진저리를 치다가는 내년 삼월까지 네 깃털이 남아 있을지 모르겠네."

목소리의 주인공은 풀밭에서 잔디 씨앗을 주워먹던 동료 벤지였다. 그는 깃털을 잔뜩 세운 채 온몸으로 신경질을 표출하던 로라의 몸에서 비에 젖은 깃털이 날리는 것을 보며 혀

끝을 찼다.

우기에는 무엇보다 깃털 손질이 중요했다. 빗방울이 한껏 날을 세운 채 새들의 깃털을 파헤치려는 듯 살갗을 파고들어 체온을 떨어뜨렸다. 체온이 떨어지면 목숨이 위태로워질 수 있었다. 그래서 새들은 깃털 사이에 스며든 빗방울을 털어내기 위해 자주 몸을 흔들었다. 그때 제대로 신경쓰지 않으면 솜털이 빗방울과 함께 흩날리며 떨어졌다.

"난 차라리 깃털이 다 빠져 죽는 편이 더 좋을 것 같아. 이렇게 비에 젖어 있다가는 날지도 못하고 차에 치여 죽을 거야."

벤지의 말에 잔디밭 위를 쓱 둘러보던 로라는 여전히 하이톤의 목소리로 불평했다.

"말이 너무 심한 거 아니야? 어떻게 그런 말을 하지? 새의 명예가 있지. 어떻게 차에 치여 죽겠다는 말을 함부로 하는 거야?"

벤지는 신경질적인 동료에게 일침을 가했다. 그러나 로라 역시 지지 않았다.

"날지 못해 인간처럼 두 발로 뒤뚱거리며 땅바닥을 뛰어다닐 텐데, 무슨 일인들 벌어지지 않겠어? 땅 위를 걸어다니는 짐승은 땅과 친한 기계가 부르면 불려가게 되어 있어."

로라가 계속해서 투덜대자 벤지는 어쩔 수 없이 모든 새가 즐겨 쓰는 말을 인용했다.

"여름날 즐거웠던 때를 생각해봐. 모든 일에는 대가가 따르는 법이야. 하늘이 눈부신 날을 주었던 것은 이런 우기에 대한 보상이라고 하는 러레인 선생의 말을 듣지도 못했어?"

벤지가 러레인의 이름을 언급하자 신경질적이었던 로라의 목소리가 조금 누그러졌다.

'지혜의 숲'에 사는 현자 러레인은 어떤 상황에서도 경우에 없는 말은 하지 않았다. 그렇기에 밴쿠버 새들은 대부분 그의 말에 수긍했다. 러레인은 사물을 꿰뚫어볼 수 있는 커다란 눈을 갖고 있었다. 비록 밤에만 발휘하는 통찰력이지만 러레인의 말은 밤낮을 가리지 않고 밴쿠버 새들의 고개를 끄덕이게 만들었다.

*

우기 때 센트럴파크는 비둘기들의 아침 사냥터였다. 십여 년 전부터 공원 남쪽 편으로 대단위 아파트 단지가 들어서면서 넓은 잔디밭과 산책로가 공원에 조성되었다. 잔디밭은 겨울에도 잔디가 푸릇푸릇했다. 사시사철 푸르른 잔디밭에는 계절에 따라 꽃이 피거나 줄기 끝에 조그만 열매가 맺혔다. 비둘기들은 푸른 잎사귀 사이에 숨어 있는 잔디 씨앗을 즐겨 먹었다.

그곳에는 잔디 씨앗만 있는 것이 아니었다. 잔디잎과 땅 사이에는 근처 공원 나무에서 날아온 숱한 나무 씨앗이 숨어서 우기가 끝나기만을 기다렸다. 비둘기들은 섬세한 부리로 그 씨앗들을 쪼아먹었다. 메트로타운 사람들의 발길이 뜸해지고 거리의 쓰레기들이 줄어들면 비둘기들은 아침마다 가까이 있는 공원 산책로 부근으로 몰려들어 배고픔을 해결했다.

로라와 벤지는 그 사냥터의 터줏대감이었다. 그들이 이른 아침부터 깃털을 파고드는 빗방울에 지쳐 신경전을 벌이고 있을 때 그들을 쭉 지켜보는 눈이 있었다. 센트럴파크의 가장 오래된 히말라야시다 꼭대기에 앉아 있던 까마귀 린다마크였다. 아침 일찍 프레이저강 쪽으로 날아가던 그는 잔디밭 위에서 날카로운 비둘기 목소리가 들려오자 히말라야시다 위에 내려앉아 그들을 지켜보고 있었다.

린다마크의 귀에 불만에 가득찬 로라의 목소리가 다시 파고들었다. 그는 나직이 속엣말을 중얼거렸다.

"로라는 아마 깃털이 다 빠져 죽기 전에 먼저 목이 쉬어서 죽을 거야."

다행히 린다마크의 말소리는 멀리까지 전해지지 않았다. 만약 그의 말이 바람을 타고 잔디밭까지 날아갔다면 비둘기 로라의 표독스러운 말투가 히말라야시다 쪽을 향해 날아왔을 터였다. 생각만 해도 끔찍한 일이었다. 린다마크는 생각을 털어버리려는 듯이 얼른 고개를 돌려 동쪽 하늘을 바라보았다. 빗방울 사이로 밴쿠버의 나지막한 언덕들과 집들이 드넓게 펼쳐져 있었다.

밴쿠버는 우기가 되어도 여전히 아름다웠다. 시월 하순이 되면 지난여름 동안 하늘과 밀어를 나누며 푸르렀던 단풍잎은 이별을 준비하듯이 붉게 물들었다. 단풍잎은 붉은 노을빛과 어우러져 그 어떤 빛깔보다도 아름다웠다. 단풍잎은 온 도시를 붉은 카펫으로 뒤덮어놓았다가 갑자기 그 모습을 감추었다.

하지만 이내 앙상한 백색 가지를 드러내며 새로운 세계를 선보였다. 비와 안개, 단풍나무 가지들이 숨바꼭질하면서 만들어내는, 마치 한 폭의 동양화 같은 풍경이 펼쳐졌다. 멀리 보이는 버너비 호수, 구릉 등 안개 속에 숨겨놓은 풍경들이 하늘로 솟아올라 세상을 내려다보고 그 아래로 각양각색의 지붕이 펼쳐지면서 자신을 감싸고 있는 안개와 비를 사랑의 손길로 쓰다듬었다. 새나 인간은 그 사이에 하나의 점으로 찍혀서 움직이는 존재에 불과했다.

그 모습을 보고 있던 까마귀 린다마크가 큰 소리로 말했다.

"이제 그때가 온 거야."

린다마크가 내지른 소리는 잔디밭 위에 모여 있던 비둘기 떼도 들을 수 있을 정도로 엄청 컸다. 잔디밭 위에 있던 비둘기들이 일제히 고개를 들고 히말라야시다 쪽을 쳐다보았다. 그곳에는 날개를 활짝 펼친 린다마크가 가랑비에도 아랑곳하지 않고 나뭇가지 끝에 앉아 먼산을 바라보고 있었다.

린다마크는 며칠 동안 자신의 의지와는 상관없이 모든 것이 귀찮았다. 새들은 좀처럼 걸리지 않는다는 우울증이 찾아오면서 날개 끝이 깊은 수렁으로 빠질 것처럼 축 처지는 듯한 무거운 기분에 움직이기조차 힘들었다. 공기 속에 몸을 맡겨도 꼬리가 자꾸만 땅을 향해 내려갔다. 어떤 때는 나뭇가지에서 비상을 한다는 것이 수직으로 급강하해 부리가 땅에 닿을 뻔한 적도 있었다. 완전히 얼이 빠진 새처럼 보였다.

모든 것은 린다마크의 마음 깊은 곳에서 일어나는 우울증과 무력감 때문이었다. 높은 나뭇가지 끝에 마련해놓은 둥지 위에 몸을 올려놓고 잠드는 까마귀들에게는 특이한 습성이 있었다. 새벽 여명이 밝아오면서 붉은 햇살이 그들이 잠들어 있는 숲을 비추기 시작하면 저마다 그것을 먼저 발견했다는 듯이 깍깍거리며 외쳐대었다. 그래서 새벽이면 '은혜의 숲'은 온통 까마귀 소리로 시끄러웠다. 커다란 소리로 지난밤 동안 머릿속에 그려놓은 꿈들을 마음껏 토해내며 하늘에 전할 권리가 있었다. '은혜의 숲'에 사는 새들은 그 시간을 행복의 시간이라 불렀다.

인간들은 '은혜의 숲'에 사는 까마귀보다 그 시간을 먼저 즐길 수 없었다. 여명이 밝아오기 전 태양은 '은혜의 숲' 꼭대기에 먼저 알려줌으로써 하늘을 날아다니는 또다른 동료들에게 자신의 특권을 나누어주었다. 모든 까마귀가 그런 특권을 누리는 사실을 온 세상에 알릴 권리가 있었다. 그들은 그것을 하나의 행복으로 받아들였다.

린다마크는 요 며칠 행복의 시간이 되어도 고개만 들어 하늘을 흘깃 쳐다만 볼 뿐 다른 새들처럼 소리 높여 외치지 않았다. 새벽 여명이 자신의 이마를 쓰다듬어도 머릿속에는 온통 다른 생각으로 가득차 있었다. 두 날개로 공중을 나는 새들에게는 위험천만한 일이었다. 비행을 하려면 몸의 균형을 유지하는 것이 중요했다. 하지만 린다마크는 이런저런 생각으로 머리가 무거워지면서 비행할 때 자주 균형을 잃었고 날이 갈수록 깊어가는 고민에 날갯짓이 비틀거렸다.

"린다마크, 지금이 우기인 거 잊지 마."

먹이 사냥을 소홀히 하여 파리해진 린다마크를 발견하고 옆 둥지의 마린이 걱정스러운 말투로 말을 건넸다.

우기가 되면 어느 때보다도 체력 소모가 컸다. 빗속을 날아다닐 때 심한 고통이 따랐고 운동량도 그 어느 때보다 많이 요구되었다. 비에 젖은 날개를 움직이려면 평상시보다 두세 배의 힘이 필요했다. 날개 근육을 키우려면 평소보다 더 많은 기름진 음식을 먹어야 했고 식사량도 늘려야 했다. 자연 새들은 더 부지런히 움직였다. 새들이 밴쿠버 하늘을 지배할 수 있었던 것도 그런 법칙을 알고 철저히 대비했던 덕이었다.

"그렇게 하늘을 지배하면 뭐 해? 최고의 지배자는 빅버드뿐인 것을…… 이제 그들의 후예가 나타날 때가 되었다고 생각해. 나는 무슨 일이 있어도 그 후예들을 직접 보고 말 테야."

비에 젖어 한껏 오그라든 긴 솔방울이 꼬챙이처럼 보이는 히말라야시다 나뭇가지 끝에 앉아 있던 린다마크가 중얼거렸다. 그가 이렇게 깊은 생각에 잠긴 것은 빅버드 후예의 소식을 듣고 나서부터였다. 우기가 시작되고 저멀리 그라우스

산봉우리에 흰 눈이 쌓이면 그들이 밴쿠버 근방에 나타난다는 것을 린다마크는 알고 있었다. 이제 그들이 나타날 때가 되었던 것이다.

*

빅버드 후예의 존재에 대해 알게 된 것은 지난가을이었다. 그때 린다마크는 달빛을 등지고 새들의 학습장이 있는 '지혜의 숲'에 있는 연필향나무 동쪽 가지 끝에 앉아 있었다. 새롭게 연락병 임무를 맡은 새들이 부엉이 러레인으로부터 지리를 배우고 있었다. 러레인은 그라우스산을 설명한 뒤 처음으로 그들의 존재에 대해 알려주었다. 그 뒤편 세상에 대해 누군가 질문했던 것이다.

"혹자는 그들이 빅버드의 후예일지도 모른다고 하지만 확실하진 않아."

러레인은 자신 없는 목소리로 말했다. 밴쿠버 새들에게 현자라 불리는 러레인이 불확실한 투로 말하는 모습은 매우 보기 드물었다. 그만큼 신중하게 말을 꺼냈던 것이다.

"빅버드의 후예일지도 모른다고요?"

맨 먼저 입을 뗀 새는 린다마크였다.

"응. 어쩌면 그 말이 맞을지도 모른다는 생각이 들기도 해. 인간들이 그들을 하늘의 지배자라고 부르는 소리를 들은 적이 있거든."

러레인이 린다마크의 질문에 조심스럽게 답했다.

"빅버드가 사라진 지 벌써 수백년이 지났어요. 어떻게 그 후예가 아직도 남아 있다는 말이죠?"

"그렇게 되었지. 원주민들의 기억 속에서도 그들이 잊힌 지 벌써 삼백년이 넘었으니…… 아니 어쩌면 더 오래되었는지도 모르지. 하지만 그들이 그곳에 찾아오는 것은 그보다 훨씬 더 오래되었다는 사실이지."

"음……."

린다마크는 자신도 모르게 신음소리를 냈다.

한동안 무거운 침묵이 흘렀으나 린다마크는 어느새 허공에서 공중방아를 찧듯이 고개를 앞뒤로 천천히 끄덕였다. 러레인의 말에 동의한다는 뜻이었다. 순간 린다마크의 가슴에 커다란 증기기관차가 기적을 울리며 달려가는 것처럼 심장이 벌떡거렸다. 마치 90미터 상공에서 곧장 수직으로 떨어지다 아슬아슬하게 땅에 스치면서 수평비행하듯이 심하게 요동치면서 심장은 거센 펌프질을 멈출 줄 몰랐다. 실핏줄을 따라 날개 끝으로 퍼지는 혈액에서 수만 개의 바늘이 돋아나 깃털 끝을 찌르는 것처럼 전율이 일었다. 린다마크는 부르르 진저리를 치듯이 온몸의 깃털을 부챗살처럼 활짝 펼쳤다가 오므렸다.

빅버드!

밴쿠버의 모든 새가 가장 우러러보는 새였다. 아니 밴쿠버의 새들뿐 아니라 이곳에서 가장 오래된 원주민들까지 그 새의 이름을 듣는 것만으로도 가슴 벅차했다. 빅버드는 원주민들의 조상 때부터 전설과 함께 등장한 새였다. 빅버드는 모든 인간을 탄생시킨 존재로 밴쿠버뿐 아니라 저멀리 앨버타까지 알려져 있었다. 그런 전설 때문인지 밴쿠버의 모든 새는 인간을 우습게 여겼다. 전설에 따르면 인간은 빅버드라는 새가 없었다면 땅 위에 존재할 수 없는 생명체였다.

"전설은 이렇게 시작되지. 모든 신화가 그러하듯이……."

러레인은 최초의 인간이 어떻게 탄생하게 되었는지 이야기하면서 커다란 눈으로 린다마크의 부리를 쳐다보았다. 새들이 가장 엄숙하고 진실한 이야기를 할 때 하는 행동이었다. 인간과 달리 부리를 중심으로 눈이 양쪽으로 나뉜 새들 고유의 표현방식이었다. 상대방의 부리와 자신의 부리를 나란히 하고 그 너머로 시선을 고정하는 것은 진실을 이야기한다는 뜻이었다.

러레인의 말이 계속 이어졌다.

"인간이 태어나기 전에는 평화로웠지. 숲에는 짐승들이 돌아다니고 하늘은 온갖 새소리로 가득해서 바람이 함부로 구름을 끌고 다닐 수 없었지. 그래서 구름은 하늘 높이 치솟아 거대한 날개를 갖고 지상을 쓰다듬을 수 있었다고 해."

그러던 어느 날 새 한 마리가 날아왔다. 바로 빅버드가. 그의 날개는 상상을 초월할 정도로 엄청 컸고 날개 그림자는 키가 큰 연필향나무를 단숨에 덮었다. 그가 내려앉은 나뭇가지는 버티지 못하고 그대로 부러졌다. 또한 빅버드의 부리는 화이트록 바닷가에 우뚝 서 있는 바위보다 더 컸다. 그가 부리를 벌리고 소리를 내면 바다의 파도는 부르르 떠는 것으로도 모자라 백사장 위로 하얀 거품을 게워냈다. 어느 날 그런 빅버드가 바다에서 커다란 조개 하나를 건져올렸다.

"린다마크."

"네?"

러레인은 잠시 말을 멈추고 다정하게 어린 동료에게 물었다.

"그 조개 안에 무엇이 들었는지 상상이 되니?"

러레인의 갑작스러운 질문에 린다마크는 얼른 정신을 차

리고 잠시 생각하다 대답했다.

"아니요. 우리 까마귀들은 조개를 먹지 않아요."

린다마크의 대답을 듣고 러레인은 낮은 목소리로 말했다.

"그 안에는 인간이 들어 있었어."

러레인의 말에 린다마크는 목 뒤쪽 깃털을 곧추세웠다. 전혀 예기치 않은 상황에서 까마귀들이 종종 취하는 습관이었다. 린다마크는 좌우로 강하게 도리질한 뒤 혓바닥이 목젖 안으로 말려들어가지 않도록 조심스럽게 물었다.

"조개 안에서 인간이 태어났다는 말인가요?"

놀란 어린 동료를 달래듯이 러레인이 조심스럽게 답했다.

"그래."

린다마크는 러레인의 말을 쉽사리 믿을 수 없었다. 인간은 라이언스 게이트 병원이나 버너비 병원에서 태어나는 것으로 알고 있었다. 그런데 어떻게 바다에 사는 조개 속에서 태어난다는 것일까? 더욱이 갈매기나 가마우지가 물어오는 조개를 보면 새들의 날개보다 크지 않았다. 그런데 어떻게 인간이 그 조개 속에서 태어날 수 있다는 말인가.

린다마크는 궁금증을 참지 못하고 러레인에게 물었다.

"어떻게 그런 일이 있을 수 있지요? 인간은 인간의 몸에서 태어나야 하지 않나요? 까마귀가 까마귀의 알에서 태어나

듯이."

"그렇지. 그것이 자연의 법칙이지. 그런데 빅버드가 날아다니기 전에는 인간이 태어난 적이 없었거든. 그러다보니 누군가 인간이 태어나도록 도와주어야 했어. 그걸 빅버드가 한 거야."

린다마크는 그제야 러레인의 말이 조금은 이해되는 듯했다. 러레인은 빅버드의 전설을 이어갔다.

빅버드가 인간이 들어 있는 조개껍데기를 물가에 내려놓자 그 안에 있던 인간은 처음에는 호기심으로 조개껍데기를 열고 밖으로 나왔다. 그러자 그들 눈앞에 광활한 대지와 많은 짐승이 뛰어노는 숲이 펼쳐졌고 놀라운 것들로 가득찼다. 인간보다 수십 배나 더 큰 나무들이 가지를 펼치고 내려다보았고 코요테의 송곳니는 인간의 것보다 훨씬 더 날카로웠다. 그렇다고 인간이 새처럼 날개가 있어 하늘을 날아다닐 수 있는 것도 아니었다.

러레인은 그때 그 장소에 있었던 것처럼 말했다.

"그 광경을 본 인간들은 공포에 떨었어. 그때 인간들은 발가벗고 있었거든. 생각해봐. 발가벗은 인간들이 공포에 질려 눈을 커다랗게 뜨고 숲을 바라보는 모습을. 얼마나 초라해 보였겠어."

린다마크는 인간들이 느끼는 공포의 의미를 잘 알고 있었다. 인간이 나름대로 질서를 지키고 서로 으르렁거리지 않으며 지내는 것은 바로 그 공포 때문이었다. 상대방을 정확히 파악하지 못한 인간은 공포를 느꼈다. 하지만 인간들은 공포심을 표출하지 않는 것을 더 두렵게 생각했다. 그것은 인간들의 사회를 혼란으로 빠뜨리는 여러 원인 가운데 하나로 작용했다.

그런 혼란을 몇 차례 겪은 인간들은 나름의 규칙을 정했다. 그것이 법이었고 그 사회를 유지하는 커다란 버팀목 가운데 하나로 작동했다. 인간이 남의 집에 함부로 들어가지 않는 것은 자신의 집도 누군가에게 침입당할 수 있다는 공포 때문이었다.

호기심을 참지 못하는 린다마크가 러레인에게 물었다.

"그렇게 공포에 빠진 인간이 한 다음 행동은 뭐였나요?"

"인간들은 자신들이 태어난 조개 속으로 재빨리 돌아갔어. 그러고는 조개껍데기를 닫고 숨어서 밖으로 나오지 않았지."

"인간들이 날마다 집에서 나왔다가 다시 집으로 돌아가는 행위를 반복하는 이유를 알 수 있을 것 같네요."

린다마크는 나름대로 인간의 행동 가운데 쉽게 이해되지

않았던 부분을 알게 되었다는 듯이 고개를 끄덕이며 자신의 의견을 조심스럽게 말했다. 러레인도 그의 의견에 동의한다는 듯이 답했다.

"그럴지도 모르지."

공포에 질린 인간들은 두 번 다시 조개 밖으로 나오지 않았다. 그런 인간들을 지켜보던 빅버드는 마침내 결단을 내렸다. 태어난 생명은 운명을 거역할 수 없다는 사실을 알고 있던 빅버드는 인간들의 행동이 용납되지 않았다. 그래서 그는 인간들을 도와주기로 결심했다. 방법은 간단했다. 빅버드가 바다에서 조개를 건져올렸듯이 거대한 발톱으로 인간들이 들어 있는 조개를 움켜쥐고 공중으로 올라가서 다시 땅에 떨어뜨렸다.

"그래서 부서진 조개껍데기 속에서 인간들이 나와서 마침내 땅 위를 돌아다니게 된 거군요?"

린다마크의 말에 러레인은 고개를 위아래로 끄덕였다.

비로소 린다마크의 궁금증이 해소되었다. 원주민들이 토템폴 가장 높은 곳에 새들을 올려놓는 이유를. 그리고 그 새가 무엇을 뜻하는지를. 새의 힘을 빌려 태어난 원주민들은 그 새를 통해 세상 모든 것을 풀이했던 것이다. 오랜 세월이 흐른 뒤에도 그 전설을 기억하기 위해 자신들의 상징물을 만들 때 맨 꼭대기에 빅버드를 흉내낸 거대한 새를 조각하고 다른 동물들을 그 아래에 새겨넣었다는 것을.

그런 토템폴은 밴쿠버의 명물이었다. 밴쿠버 어디를 가든 가장 흔하게 만날 수 있는 조형물이었다. 토템폴은 연필향나무를 통째로 깎아서 만들었는데, 원주민들의 마을이나 소유지를 나타내는 상징물이기도 했다. 원주민들은 연어를 잡고 사냥을 하면서 남는 시간은 토템폴을 만들었다. 6미터에서 9미터가 넘는 크기로 연필향나무를 자른 뒤에 칼과 도끼를 이용해 조각하는 토템폴 작업은 많은 시간이 소요되었다. 어떤 원주민은 평생 동안 그것만 만들었다. 그들은 토템폴에 자신들의 수호 동물과 사냥감을 조각하고 신에게 감사의 뜻을 전했다. 토템폴의 가장 높은 곳, 즉 신이 내려와 닿는 곳에는 항상 날개를 활짝 펼친 새가 자리했다. 바로 빅버드였다. 전설의 새 빅버드를 조각해 하늘에 올려놓음으로써 자신들이 태어나게 된 비밀을 밴쿠버 하늘에서 지워지지 않도록 새겨놓았던 것이다.

*

"아니야. 까마귀는 아닐 거야."

'지혜의 숲'에서 공부하던 날이었다. 러레인에게 빅버드의 전설을 들은 뒤부터 어린 새들의 관심은 온통 빅버드에 쏠려 있었다. 새들은 저마다 빅버드가 자신들의 조상이라고 떠들었다. 린다마크도 다른 어린 까마귀들처럼 빅버드가 까마귀처럼 생겼을 것이라고 굳게 믿었다. 그는 쉬는 시간에 다른 새들에게 빅버드가 까마귀의 일종이라고 주장했다. 이에 갈매기 서맨사가 이의를 제기했다. 그가 단호히 말했다.

"빅버드가 까마귀의 일종이 아니었을 거라고? 너는 왜 그렇게 생각하니?"

린다마크는 반기를 들지 않을 수 없었다. 그는 두 눈을 똑바로 치켜뜨고 서맨사에게 목청을 높여 말했다.

"우선 말이야. 나는 너희 까마귀들이 물속에 있는 조개를 찾아내는 눈을 가졌다는 소리를 들은 적이 없어. 그리고 두 번째는 그것을 운좋게 찾아냈다 해도 잠수한다는 까마귀에 대해 들은 적이 없고. 마지막으로 너희 까마귀들은 인간이 들어 있는 조개를 들고 날아오를 만큼 날개가 크지 않아."

서맨사의 말에 린다마크는 양쪽 날개를 부리 중앙까지 끌어올렸다. 그런 뒤에 머리를 좌우로 흔들어 두 날개 사이의 깃털에 바람을 불어넣었다. 상대가 어떤 문제의 핵심을 찔러 더이상 할말이 없을 때 하는 새들 특유의 버릇이었다. 그렇다고 그냥 순순히 물러설 린다마크가 아니었다.

"사실 우리 까마귀 날개로 인간이 들어 있는 조개를 낚아채 하늘로 날아오르기에는 역부족이지. 그렇다고 빅버드가 너희 갈매기 종족도 아니라고 생각해. 갈매기가 조개를 먹기는 하지만 저 넓은 천하의 숲을 날아다니지는 않잖아. 그 숲에 사는 원주민 토템폴에 조각해놓은 빅버드를 보면 빅버드가 그곳까지 날아갈 수 있다는 사실을 증명하는 게 아니겠어?"

린다마크의 반격에 갈매기 서맨사도 양쪽 날개를 부리까지 끌어올렸다 내렸다.

빅버드 이야기를 처음 듣는 새들이 한 번씩 겪는 논쟁이었다. 밴쿠버 새들은 모두 빅버드가 자신들의 조상일 것이라 믿었고 그런 미련을 버리지 못했다. 하지만 그 어떤 새들도 그 사실을 증명하지 못했다. 그런데도 밴쿠버 새들은 암암리에 어린 새들에게 빅버드가 자신들의 조상이라는 주장을 굽히도록 강요하지 않았다. 오히려 그 사실을 더욱 암시할 수 있는 논지를 퍼뜨렸다. 갈매기들은 조개를 잘 물어올릴 수 있다는 점으로, 까마귀는 '천하의 숲'을 비롯해 로키산맥의 흰 봉우리 근방까지 널리 퍼져 있다는 점으로, 심지어 비행이 엉성하기 그지없는 기러기조차 덩치가 크다는 점으로 모두 빅버드의 후예가 자신들일지도 모른다고 내세웠다.

그러던 지난가을 밴쿠버 새들의 자존심을 한꺼번에 무너뜨리는 일이 일어났다. 그 일은 밴쿠버를 지나가는 '달의 새'들이 몰고 왔다. '달의 새'란 밴쿠버 새들이 붙여준 이름이었는데, 밴쿠버 새들이 금기시하는 야간 비행을 즐기는 그들의 관습에서 기인한 것이었다. 그들은 일년이면 딱 두 차례 밴쿠버에 모습을 나타냈다 어디론가 사라졌다. 머무는 기간도 일주일이 채 되지 않았다.

달밤에 구름 옆을 지나 바다를 가로질러 간다거나 아니면 수천 마리가 떼를 지어 날면서 다른 새들의 진로를 방해하는 일을 아무렇지 않게 했다. 인간들 가운데 떠돌이 인간들이 우르르 몰려다니면서 하는 행동을 아무 생각 없이 했다. 늦여름과 초가을 동안 잠시 나타났다 사라지는 '달의 새'를 좋아하는 밴쿠버 새들은 아무도 없었다. 그들은 낮이면 떼를 지어 갈매기들의 놀이터인 프레이저 강가에 모여 시끄럽게 떠들었다.

"빅버드가 조개 속에 숨은 인간을 들어올렸다고? 인간을 매달고 하늘로 날아오를 수 있는 새는 딱 하나뿐이야."

'달의 새'들은 갈매기들이 빅버드에 대해 이야기하는 것을 듣고 딱 잘라 말했다.

"독수리라고? 나는 아직 그런 새를 한 번도 본 적이 없어."

떠돌이새들이 자신들의 조상일지도 모르는 빅버드를 부인하고 낯선 새 이름을 말하자 갈매기 서맨사는 화가 나서 공박했다. 그러자 '달의 새' 가운데 한 마리가 갈매기 서맨사를 비웃기라도 하려는 듯이 부리 끝을 좌우로 비틀면서 면박을 주었다.

"그렇겠지. 누가 독수리를 함부로 볼 수 있겠어? 죽음을 각오하지 않고서는 그를 볼 수 없지."

"죽음!"

'달의 새'가 말한 죽음이라는 단어가 서맨사의 귀에 꽂히자 갑자기 서맨사의 날개 끝 깃털들이 일제히 하늘로 바짝 곤두섰다 다시 가라앉았다. 서맨사는 자신도 모르게 엄숙하고 위대한 그 단어를 중얼거렸다. 죽음은 생명이 있는 모든 생물이 신들에게 봉헌하는 가장 위대한 단어였다. 죽음을 떼어놓고 논할 수 있는 생명은 아무것도 없었다.

하지만 서맨사는 얼른 이해되지 않았다. 새가 새를 만나는 데 죽음을 각오해야 한다니, 있을 수 없는 일이었다. 새가 새를 죽이는 일은 어떤 경우에도 용납되지 않았다. 이는 밴쿠버 새들이 가장 금기시하는 일이었다. 그런 사건이 벌어지면 그는 새들 무리에서 떨어져나가 혼자 살아가야 했다. 오랜 세월 밴쿠버 새들이 지켜온 무언의 약속이었다. 동족이 동족을 죽이는 것은 무지한 인간들이나 하는 행동이었기에…….

"새가 새를 죽이다니…… 있을 수 없는 일이야!"

'달의 새'들 말에 동의할 수 없었던 서맨사가 소리를 질렀다. 그런 서맨사를 비웃기라도 하듯이 '달의 새'들 가운데 가장 나이가 많은 새가 나직이 말했다.

"네가 소리를 지른다고 해서 독수리가 죽음을 거두고 다른 새들을 살려주지는 않아. 그는 하늘의 지배자야. 모든 지배자가 그러하듯이 그는 하늘의 심판권을 갖고 있다고. 그가 하늘의 심판권을 행사하는 모습을 지켜보지 못한 자들은 잘 몰라."

그의 말에 서맨사는 가만히 있을 수밖에 없었다.

"그는 잠깐 사이에 나타나서 하늘의 질서를 바꾸어놓지. 우리 가운데 그를 향해 날아가는 새는 아무도 없어. 그가 우리 앞으로 날아와서 모든 것을 결정하지. 갑자기 그가 하늘 높은 곳에서 쏜살같이 내려와서 우리 가운데 하나를 채가는 거야. 그는 그날 생명을 취할 자를 정확히 찍어내지. 그의 부리는 칼보다 날카롭고, 그의 발톱은 인간들이 가진 쟁기보다 더 뾰족하지. 그가 부리로 겨냥한 새치고 살아남은 새는 아무도 없어. 나도 어른들에게 들었지. 빅버드를 본 새들이 하나도 없다는 사실을…….”

하나하나 설명하는 나이든 '달의 새' 말에 서맨사는 고개를 끄덕였다.

그랬다. 빅버드를 본 새는 아무도 없었다. 그들이 나타나지 않은 지 수백 년이 지나서가 아니었다. 빅버드에 대한 다양한 설에는 전설의 시대 이후 그 누구도 빅버드를 직접 만난 새가 있다는 이야기가 없었다. 그뿐 아니라 빅버드의 전설에는 빅버드가 인간의 생명을 땅 위에 내려놓았듯이 인간의 생명을 하늘로 올라가게 하는 힘도 갖고 있다고 했다. 인간들은 토템폴을 타고 자신들의 영혼이 하늘로 올라갈 수 있다고 믿고 있었다. 그 끝에 세워놓은 빅버드가 자신들을 온 곳으로 데려가줄 것이라고 믿었다.

“그럼 '달의 새'들은 독수리를 본 적이 있나요?”

어느새 '달의 새'들이 해주는 이야기에 푹 빠진 서맨사가 물었다. 떠돌이새인 '달의 새'들이 세상 이곳저곳을 돌아다닌다는 사실은 서맨사도 알고 있었다. 그들은 여름이면 툰드라가 있는 북쪽 평원에서 머물다가 가을이면 밴쿠버를 지나 캘리포니아까지 간다는 소문이 있었다. 그래서 '달의 새'들이 세상의 많은 것을 보고 많은 비밀을 알고 있을지도 모른다고 생각했다.

"우리 무리가 독수리를 만난 건 한두 번이 아니야. 우리도 그를 무서워하지. 그가 나타날 만한 곳이면 진로를 바꾸어 비행하지. 너는 왜 우리가 수많은 새의 비난을 무릅쓰고 야간 비행을 하는지 모르지?"

"네. 사실 그것도 궁금한 것 가운데 하나예요."

나이든 '달의 새' 질문에 서맨사는 그동안 자신이 왜 '달의 새'를 경멸의 눈빛으로 보았는지 숨김없이 말했다.

"많은 이유가 있는데, 그 가운데 하나가 바로 독수리 때문이지. 낮에 무리지어 비행하고 있으면 어디선가 갑자기 그가 나타나 가운데로 곧장 급강하 비행을 하지. 그러면 우리 가운데 누군가는 공중에 깃털을 흩뿌리며 어디론가 사라져버리지. 그가 있던 자리가 텅 비어버리는 거야. 그런 일을 피하기 위해 독수리들이 비행하지 않는 밤을 택하는 거야."

"아……."

갈매기 서맨사는 세상의 비밀을 또하나 알게 되었다는 듯이 길게 탄식했다. 그의 탄식은 비밀인 것만큼이나 삽시간에 공기를 물들였다 사라졌다. 그래도 서맨사는 마음속 깊이 솟아오르는 호기심을 억누를 수 없었다. '지혜의 숲' 현자 러레인이 말했다. 너무 많은 호기심은 우환을 불러온다고. 하지만 서맨사는 가슴에 묻어둔 마지막 질문을 하지 않고서는 결코 날개를 펼 수 없었다.

"그 독수리는 사는 곳이 정해져 있지 않나요?"

"그들은 겨울이 되면 밴쿠버 북쪽 강에 모여 살지."

나이든 '달의 새'는 아주 간단하게 어린 갈매기의 가슴에 타오르는 불꽃을 잠재웠다.

"그 강은 어디 있어요?"

"그라우스산을 넘어가면 이틀이면 닿을 거야."

그날 서맨사가 들은 이야기는 이내 온 밴쿠버의 어린 새들에게 전해졌다. 빅버드의 후예와 관련된 이야기라 모두 놀랐고 그들의 존재에 대해 떠들었다. 어린 새들이 교육을 받는 '지혜의 숲'에서는 더욱 난리였다.

*

잉글리시만이 서서히 부풀어오르기 시작했다. 해가 서쪽으로 기울면서 바다 위로 떨어지는 햇살이 파도에 부딪쳐 어지럽게 난반사될 때 일어나는 현상이었다. 파도에 부딪친 햇살은 다시 공중으로 반사되어 '지혜의 숲'에 모인 새들의 부리 끝을 건드렸고 새들은 저마다 부리 끝에 닿은 햇살을 쪼아 먹기 위해 입을 벌렸다. '지혜의 숲'은 이내 시끄러운 소리로 뒤덮였다.

그 시간이 되면 '지혜의 숲'에서 공부하는 새들은 집으로 돌아갈 생각에 절로 즐거워졌다. 하지만 그날은 그렇지 못했다. 온 밴쿠버가 서맨사의 이야기로 시끄러워진 뒤에 처음 열린 수업일이었던 터에 모두 흥분해 있었다. 어린 새들은 얼른 수업이 끝나고 자유 토론 시간이 오기만을 기다렸다. 저마다 갖고 있는 독수리에 대한 궁금증을 '지혜의 숲'에 사는 현자 러레인에게 물어보고 싶었던 것이다.

"나는 그 말은 들은 적이 있어. 스쿼미시강에 사는 새들에 대한 이야기를. 그들이 독수리라고 불린다는 걸 이제 알았어."

머리에서 몸통까지 일자로 생긴 러레인은 조심스럽게 새들의 궁금증을 풀어주었다.

"독수리에 대해 처음 듣는다고요?"

"아니, 독수리에 대해서는 조금 알지. 한때 아메리카 하늘의 지배자였고 로키산맥에서 앨버타까지 그들이 미치지 않는 영역이 없다는 말은 들은 적 있어. 아니 남쪽으로 저멀리 뉴멕시코 사막에까지 흩어져 살고 있다는 말은 들었어. 그런데 그들이 스쿼미시강 주위에 모여든다는 이야기는 처음 들어."

까마귀 린다마크는 '지혜의 숲' 현자가 겸손하게 말하는 것을 처음 보았다. 조금 의외였다. '지혜의 숲'에 모인 어린 새들은 저마다 고개를 갸웃거렸다. 현자도 잘 모르는 세계가 있다는 사실은 뜻밖이었다.

"나도 아직 독수리를 눈앞에서 본 적이 없기 때문이야. 더욱이 스쿼미시강 근처는 가보지 못했어. 내가 알고 있는 곳은 광역 밴쿠버 하늘 안에서의 일이야."

러레인이 말을 이었다.

"더욱이 독수리는 우리처럼 밤에 날아다니지 않는다는 소문이 있어."

러레인의 비행 특성을 아는 어린 새들을 가장 빨리 이해하게 하는 말이었다. 부엉이 러레인은 너무 많은 것을 눈으로 보는 탓에 지상의 사물이 모두 드러나는 한낮에는 하늘 높이 날아오르기를 싫어했다. 큰 눈으로 사물들을 한꺼번에 보고 해석하기에는 지혜의 현자라고 해도 무리가 있었던 것이다.

"대체 우리가 빅버드에 대해 알고 있는 게 뭐예요?"

분위기가 어색해지자 까마귀 린다마크가 조심스럽게 말을 꺼냈다. 이 모든 문제는 빅버드 때문에 생긴 일이었다. 어떤 문제의 해결책을 찾기 어려울 때는 원점에서 다시 시작하는 것이 가장 빠른 방법임을 린다마크는 알고 있었다.

"수많은 전설과 상징들이지. 사실 빅버드에 대해 알려져 있는 것은 대부분 전설이야. 직접 본 새들이 없는 탓에 그게 유일하기 때문이지."

갈매기 서맨사가 거들었다. 그는 '달의 새'들이 독수리가 빅버드의 후예일지도 모른다는 말을 한 뒤부터 더욱더 냉정한 눈으로 사물을 보았다. 태어나면서부터 배운 사실이 어쩌면 일부분에 지나지 않으리라는 자괴감에 빠졌던 것이다.

어른 새들이 말했다.

"자신이 알고 있는 것만큼만 행동하라. 그러면 하늘이 어지러워지는 일은 없다."

그러나 아는 것이 하늘을 가릴 때도 있는 법이었다.

"러레인 선생님. 저는 말이에요, 가장 이해 안 되는 것 가운데 하나가 그 독수리가 규칙을 무시한다는 거예요."

서맨사가 나직한 목소리로 러레인에게 물었다.

"어떤 규칙 말인가?"

"새들에게는 규칙이 있어요. 하늘의 새는 같은 하늘을 나는 새를 죽이지 않아야 한다거나 다른 새들의 사냥 구역을 인정하고 그 지역을 침범할 때는 예의를 갖추어야 한다는 규칙 말이에요. 그런데 그런 규칙을 무시한 새가 어떻게 빅버드의 후예가 될 수 있는 거지요?"

서맨사는 독수리가 빅버드의 후예일지도 모른다고 단정하는 것 같았다.

"빅버드는 조금 예외적이지. 전설에 따르면 눈 덮인 설산 꼭대기에 앉아 밴쿠버를 한눈에 내려다본다고 하잖아. 독수리처럼 날카로운 눈을 새들이 어떻게 갖고 있을 수 있을까? 이처럼 우리 새들이 갖고 있는 상식을 뛰어넘는 것이 한둘이 아니지. 나는 이렇게 생각해."

"어떻게요?"

"규칙이란 같은 힘을 가진 자들끼리의 약속이야. 그래서 어느 한쪽이 강하면 소용없는 규칙이 되어버리지. 강한 자들은 자기 마음대로 규칙을 만들어서 다른 새들에게 지키게 하지. 명령이라는 형태로 말이야. 빅버드는 모든 규칙을 넘어선 존재야. 새가 새를 죽이면 안 된다는 규칙은 우리 밴쿠버 새들만의 약속이야. 그러니 빅버드에게는 그런 규칙이 필요 없는 거야."

서맨사는 러레인의 말이 조금은 이해되었다. 규칙에는 예외가 있을 수도 있다는 사실을. 예외가 없다면 규칙을 정해 놓을 필요가 없다는 사실도.

"독수리도 그렇게 강할까요?"

까마귀 린다마크가 두 새 사이에 끼어들었다.

"잘 모르겠지만 언젠가 인간들이 만들어놓은 새에 그 이름을 붙였다는 소리를 들은 것 같아."

인간이 만든 새는 비행기를 말했다. 하늘을 날 수 없는 인간들은 자신들의 열등감을 극복하기 위해 노력했다. 거대한 풍선을 만들어 공중으로 날아오른다든지, 쉴새없이 제자리를 도는 날개를 만들어 잠자리를 흉내낸다든지 다양한 연구 끝에 드디어 결실을 맺어 날개를 가진 새를 만들었다. 그러나 비행하려면 여러 장치가 필요한 매우 불편한 기계였다.

"비행기 이름에도 독수리가 있다고요?"

"인간들이 자신들의 장기를 펼칠 비행기를 만들었는데, 그 비행기 이름 가운데 동족을 죽이는 가장 강한 새 이름에 독수리라는 이름을 붙였다고 하더군. 블랙이글이래나? 기억이 나는 것 같기도 해."

러레인의 말에 린다마크와 서맨사가 고개를 끄덕였다.

"인간들도 빅버드에 관심이 있다는 거군요. 어쩌면 정말 독수리가 빅버드의 후예일지도 모르겠군요."

린다마크도 이제는 독수리가 빅버드의 후예일지도 모른다는 가정을 받아들이기 시작했다. 까마귀로서는 조금 아쉬웠지만 그 아쉬움 때문에 사실을 왜곡하는 어리석음을 범할 수는 없었다. 사실이 명확해질수록 모든 것을 단순하게 받아들여야 했다.

그날 저녁 집으로 돌아가는 새들의 날개가 무거워 보였다. 까마귀 린다마크와 갈매기 서맨사는 자신들의 종족이 빅버드의 후예가 아니라는 생각에 땅만 쳐다보고 날아갔다. 땅에 끌리는 그들의 그림자 역시 무거운지 짙은 어둠 속에 묻혔다.

*

빅버드의 후예로 여겨지는 독수리 이야기가 밴쿠버 새들을 흔들어놓은 지 이주가 지나서였다. 그날도 '지혜의 숲'에서는 어린 새들을 위한 수업이 있었다. 러레인은 수업중에 놀라운 이야기를 전했다.

"내가 알아본 바에 따르면 스쿼미시강에 모이는 독수리는 오천 마리가 넘는다는군. 그런데 불행히도 그들이 그곳에 모이는 이유는 알 수 없었어. 그들은 그곳에서 한철 정도 머물다 다시 사라진다는군."

러레인은 지난 이주 동안 나름대로 스쿼미시강에 모이는

독수리에 대한 연구를 많이 한 것 같았다. 그는 그들에 대한 정보를 하나하나 풀어놓았다.

"그들은 강이 얼기 시작하면 그곳을 떠나 자신이 살던 곳으로 돌아간다고 하더군. 내 생각에 그들이 그곳에 모이는 이유는 어떤 의식이 숨어 있기 때문이 아닐까 하는 거야."

의식에 굉장히 중요한 의미가 있는 것처럼 여겨졌다. 그래서 린다마크는 러레인의 말을 잘랐다.

"의식이라니요?"

"새들이나 인간이 일정한 곳에 모여서 벌이는 축제나 의식일 가능성이 높아. 밴쿠버 원주민들도 일년에 한 번씩 모여서 의식을 치르잖아."

"아, 원주민 축제 말이지요? 그들은 그 축제로 자신들이 어디에서 왔는지를 확인한다면서요?"

원주민 축제는 모든 새가 알고 있는 행사였다. 밴쿠버뿐 아니라 저멀리의 오타와 원주민들까지 참가했다. 축제는 일주일 동안 계속되었는데, 각 부족은 밴쿠버를 비롯해 아메리카 대륙에 살던 동물들 모습으로 장식하고 함께 축제를 벌였다.

"원주민 축제와 비슷한 것이라면 저도 한번 보고 싶어요."

린다마크는 자신의 생각을 말했다. 빅버드의 후예일지도 모르는 독수리들이 벌이는 축제라면 남다르리라는 생각이

들었다. 그 의식 속에는 밴쿠버 새들이 모르는 굉장한 것이 숨겨져 있을 것 같았다. 그리고 한편으로는 진짜 빅버드의 모습을 볼 수 있을지도 모르는 일이었다.

"그런 쓸데없는 소리는 하지 마. 밴쿠버에서 그곳까지 거리가 얼만데?"

서맨사가 찬물을 끼얹었다. 길게 한숨을 내쉬고 자신의 생각을 밝힌 린다마크의 말에 서맨사가 어이없다는 듯이 고개를 좌우로 빠르게 가로저으면서 소리쳤다.

"거리는 문제가 아니지. 그라우스산을 넘어야 한다는 게 문제지. 쉬운 일이 아니거든."

러레인 역시 서맨사의 말에 동의했다.

"하지만 그곳에 가면 빅버드의 모습을 볼 수 있을지도 모르잖아요."

평소 같으면 러레인의 걱정스러운 말투에 린다마크는 입을 다물었을 테지만 이번만큼은 러레인의 말에 토를 달았다. 자신의 가슴속에서 들려오는 이상한 강물소리 때문이었다. 독수리 이야기를 들은 뒤부터 스쿼미시강 이야기가 머릿속에서 떠나지 않았다. 지금까지 살아오면서 단 한 번도 본 적 없는 미지의 강이 린다마크 갈비뼈 밑으로 파고들어 강물을 밀어넣는 듯했다. 그곳에서는 지금껏 들어본 적 없는 강물소리가 들렸다. 린다마크는 어떻게 그곳의 강물소리가 들리는지 궁금했지만 그 소리는 시도 때도 없이 린다마크의 가슴속을 파고들었다.

어떤 날은 도시 한가운데에 앉아 그라우스산 쪽으로 고개를 돌리기만 해도 강물소리가 들렸다. 문제는 그 소리에 자꾸 빠져든다는 것이었다. 심지어 잠을 자다가도 어디선가 들려오는 강물소리에 눈이 번쩍 뜨이곤 했다. 그때는 린다마크 자신도 놀라 어둠 속에서 비명을 질렀다. 그 때문에 린다마크 둥지 부근의 새들은 깜짝 놀라 한바탕 소란을 피웠다. 린다마크는 그 소리에서 도망치기 위해 러레인에게 자신의 증상을 털어놓았다.

"환청까지 들린다고? 정말 스쿼미시강에서 벌어지는 일을 보고 싶은 모양이구나?"

"환청이란 뭔가요?"

러레인의 입에서 낯선 단어가 흘러나오자 린다마크는 되묻지 않을 수 없었다.

"실제 들리지 않는 소리가 마치 들리는 것처럼 머릿속에 그 소리가 맴도는 것이지. 인간들은 그 원인에 대해 여러 주장을 하는데, 나는 어떤 생각에 깊게 빠지면 머릿속에서 그 생각이 저절로 실현되는 현상이라고 생각해. 린다마크, 너는 강에서 벌어지는 일이 그렇게 보고 싶어?"

"네. 사실 그래요. 나는 독수리들이 정말 빅버드의 후예인지 궁금해요. 만약 그들이 빅버드의 후예라면 어떤 행동을 하는지 알고 싶어요. 그들은 이 세상에 대한 궁금증을 풀어줄 것 같아요. 예를 들면 이 도시에서 언제 인간들이 사라질지에 대한 것들이요."

"음……."

린다마크가 답답한 마음을 토해내자 러레인이 생각에 잠기며 길게 한숨을 내쉬었다.

"나 역시 궁금한 것이 있어. 스쿼미시강에 모이는 독수리들에게."

러레인 역시 스쿼미시강의 새들에게 관심이 있다고 말하자 린다마크가 눈을 동그랗게 뜨고 물었다.

"선생님은 어떤 것이 궁금해요?"

"무엇보다 그들이 언제 다시 밴쿠버 하늘로 되돌아오느냐 하는 거야. 전설에는 그들이 돌아올 때가 되면 비로소 하늘이 평안해진다고 했거든."

그랬다. 빅버드의 전설은 세상의 시작에만 관련 있는 것이 아니었다. 빅버드는 세상의 시작과 끝을 함께 잇는 새로 그들이 다시 땅 위에 나타나면 모든 것이 명확해지고, 하늘은 다시 새들의 세계로 돌아온다고 되어 있었다.

"나는 스쿼미시강에 독수리들이 모이는 이유가 바로 그들이 자신들의 조상인 빅버드의 출현을 위해 모이는 것이 아닐까 하는 생각이 들어. 그들이 진정 하늘의 강자라면 하늘을 지배하는 새들이 다시 세상을 완벽하게 통제하고 하늘과 땅, 바다까지 평화롭게 만들기 위해 준비하고 있다고 생각해. 그래야 빅버드가 이 세상을 조화롭게 만들 수 있지 않겠어? 그래서 그들이 그것을 준비하기 위해 스쿼미시강에 모여 학습하고 있는 거라고 생각되거든."

린다마크는 러레인의 말뜻을 어렴풋이 이해할 수 있을 것 같았다. '지혜의 숲' 현자인 러레인도 독수리들에게서 밴쿠버 새들이 빅버드에 대해 갖고 있는 희망을 확인하고 싶었던 것이다.

사실 밴쿠버의 모든 새는 그때를 기다리고 있었다. 땅 위에서 온갖 지저분한 일들을 벌이고 있는 인간들이 아직 모르고 있는 그때를. 빅버드가 다시 날개를 펼치고 땅 위에서 사는 일에 놀라서 이상한 일만 벌이는 인간들을 다시 하늘 위로 올려보내 제정신을 차리게 하는 은총을 베풀어주는 그때가 하루빨리 오기를.

"러레인 선생님, 제가 그들에게 한번 물어볼까요?"

조금 당돌하게 린다마크가 공중으로 크게 날개를 휘저으며 러레인의 궁금증에 불을 붙였다. 레레인이 동그란 눈을 더욱 동그랗게 뜨고 말하면서 다급히 린다마크의 호기심을 잠재웠다.

“그건 너무 위험해. 우리 밴쿠버 새들이 정해놓은 규칙에도 어긋나는 일이고. 너도 알고 있지? 우리는 자신이 사는 구역을 함부로 벗어나지 않아야 한다는 것을.”

그것은 오래된 불문율이었다. 밴쿠버에서 태어난 새들은 어려서부터 자신들이 사는 구역이 정해져 있고 그곳을 벗어나지 않도록 훈련받아왔다. 무엇보다 그들의 삶은 도시에 맞게 길들여졌다. 먹이를 구하는 것부터 하늘을 나는 법까지 나름 정해진 규칙이 있었다.

린다마크도 잘 알고 있는 사실이었다. 그는 지금까지 살아오면서 이 도시 밖으로 나가본 적이 없었다. 계절마다 찾아오는 나그네새들과 달리 이곳에 뿌리를 내린 새들은 도시 밖으로 날아가려고 하지 않았다. 길거리 어디서나 쉽게 발견할 수 있는 먹이와 비바람을 피할 수 있는 건물의 편안한 처마, 그리고 곳곳에 늘어서 있는 전깃줄은 도시에서 자란 새들에게 가장 안락한 휴식처를 제공해주었다.

잠시 말을 멈추었던 린다마크는 기울어가는 해를 한참 동안이나 바라보다 자신의 속내를 털어놓았다.

"저도 알아요. 하지만 끝없이 일어나는 이 호기심의 불꽃은 어쩔 수 없어요. 하늘의 강자들이 그곳에서 무엇을 하고, 왜 그곳에 모이는지 알고 싶어요."

깃털을 스쳐지나가는 바람이 한바탕 소란스럽게 소용돌이치다 멈추었을 때 린다마크는 마지막 말을 러레인에게 꺼냈다.

"저는 전설로만 내려오는 빅버드가 진짜 이 세상을 만들었는지 궁금해요!"

밴쿠버 새라면 결코 입 밖으로 꺼내서는 안 되는 말이었다. 공기 속에 몸을 묻고 살아가는 날개를 가진 종족이라면 모두 알고 있었다. 마지막 자존심이 걸린 말이라는 것을.

"오우, 린다. 그런 끔찍한 소리를…… 빅버드에 대해 그렇게 불경한 말을 하다니. 새로서 수치스러운 일이야. 하늘에 자신을 맡기고 바람의 말을 들을 수 있는 자들은 저 땅 위를 걸어다니는 두 발 달린 짐승들이 떠드는 소문에 귀기울이지 말아야 해."

러레인은 성실한 제자인 린다마크가 너무 오랫동안 혼자 깊은 생각에 빠져 모든 것이 혼란스러워 혼돈 속에서 헤매고 있다고 생각했다. 그때는 귀를 닫고 있어 어떤 말도 들리지 않는 상태라는 것도 알고 있었다. 그 상황에서 벗어날 수 있는 방법을 알고 있었지만 차마 말을 할 수 없었다. 그 역시 린다마크처럼 한때 모든 것이 회의적일 때가 있었기 때문이다.

린다마크와 러레인이 '지혜의 숲'에 있는 단풍나무 가지 끝에서 뒤엉킨 의문의 실타래를 풀기 위해 서로의 생각을 조심스럽게 주고받는 사이 호스슈만 끝에는 붉은 노을이 깔리기 시작했다. 그 노을 사이로 저무는 석양빛이 연필향나무 끝에서 그라우스산 너머로 눈길을 주고 있는 린다마크와 러레인 눈동자를 살짝 비추다 이내 어둠 속으로 사라졌다.

*

십일월의 해는 짧았다. 로빈슨 거리에 있는 회중시계의 시침이 하늘과 땅을 명확히 나누기 전인데도 거리에는 짙은 어둠이 깔렸다. 어둠에 묻히기 싫은 상점들의 간판이 형형색색으로 빛나며 존재를 과시했다. 인간들의 발걸음도 그런 계절의 움직임에 따라 총총걸음으로 바뀌었다.

땅거미가 질 때면 새들도 일찌감치 둥지로 돌아가 하루종일 바람에 시달린 깃털을 부리로 다듬었다. 길고 긴 겨울밤 동안 피부 속으로 파고들 추위를 견뎌낼 준비가 필요했다.

밴쿠버 새들도 이제는 하늘에서 조금 멀어져 지상에서의 생활을 준비하는 시기였다. 낙엽이 지면서 잎사귀 사이로 돌아다니던 벌레들도 땅속으로 숨어버리고 땅 위에 떨어졌던 열매도 과육은 사라지고 소화되지 않는 단단한 갑옷에 싸인 씨앗만이 남았다.

자연의 먹을거리가 줄어들면 새들은 인간들 집 주위에 모여들어 음식 찌꺼기나 곡물 창고의 낙곡을 주워먹었다. 포트페리 주변 새들은 그곳에 들어선 곡물 운반선 창고까지 날아들기를 주저하지 않았다. 남의 먹이를 훔치지 않는다는 새들의 구호가 낯설게 느껴져도 아무도 그것을 나무라지 않았다.

린다마크는 미련스럽게 몸을 부풀렸다. 그날 비행에 필요한 먹이 외에는 욕심내지 않는다는 새들의 먹이 규칙을 무시하고 깃털 아래에 지방질을 잔뜩 쌓았다. 린다마크의 비행자세를 보면 불안해 보일 정도였다. 그는 공중을 뒤뚱거리며 날아다녔다. 과도한 섭취로 인한 부작용이었다.

"린다마크, 너 요즘 왜 그렇게 폭식하는 거야?"

'지혜의 숲'에서 가문비나무 위를 날아오는 린다마크를 보던 제플린이 물었다.

"날이 추워져서 미리 눈 내릴 때를 대비하는 거야."

아무렇지 않다는 듯이 린다마크가 말했다.

"아직 십일월이야. 눈이 본격적으로 오기까지는 한 달도 더 남았다고."

"하지만 요즘 날씨를 봐. 예전하고 다르잖아. 편서풍이 불면서 이상하게 비가 잦아졌어. 언제 갑자기 눈발이 우리 날개 끝을 적실지 모른다고."

린다마크는 제플린이 더이상 말을 잇지 못하도록 단호하게 말했지만 어쩌면 지난달부터 가슴속에 숨겨둔 이야기를 들키고 싶지 않아서였는지도 모른다. 그는 올겨울에 눈이 본격적으로 내리기 시작하면 해야 할 일이 있었다. 그러려면 일찍부터 가슴에 노란 지방층을 만들고 솜털도 조밀하게 다듬어놓을 필요가 있었다. 그 일은 '지혜의 숲'에 있는 러레인 외에는 아무도 몰랐다.

그날은 갑자기 찾아왔다. 처음 눈발이 날린 곳은 노스밴쿠버 뒤편에 우뚝 솟아 있는 그라우스산 꼭대기였다. 정오 무렵 하늘이 어둡다고 생각하던 갈매기 폴라가 고개를 들자 페리 터미널 지붕 너머로 보이는 그라우스산 두 봉우리가 구름에 한동안 가려져 있다가 저물녘에 자신의 정체를 확실히 드러냈다. 하얗게 눈을 뒤집어쓴 양쪽 산봉우리는 자신의 이름이 어디서 유래했는지를 밴쿠버 새들에게 다시 한번 소리치고 있었다.

그 모습을 발견한 린다마크의 가슴속에서는 요란한 뱃고동소리가 울려퍼졌다. 이제 때가 된 것이다. 지난 한 달 동안 기다리고 기다렸던 그때가 마침내 눈앞으로 다가왔다. 린다마크는 서둘러 부리를 날갯죽지 밑으로 파묻었다. 그러고는 조금씩 잔털 사이로 흘러나오는 기름샘의 기름을 부리 끝에 묻혀 날개깃을 다듬었다. 여행을 위해서는 미리 깃털에 기름을 듬뿍 칠해놓아야 했다.

린다마크가 그라우스산 꼭대기에 다다른 것은 다음날 정오 무렵이었다. 해수면 위에서 시작한 비행은 캐필라노 협곡을 지나면서 몇 차례 고도를 조절했다. 갈참나무숲과 침엽수가 우거진 숲이 휴게소 역할을 했다. 그리고 마지막 상승비행은 바람이 거칠기로 소문이 난 그라우스산 동쪽 기슭에서 시작해 마침내 그라우스산 정상 스키장 위로 올라갈 수 있었다. 린다마크가 살면서 이렇게 높이 비행한 것은 처음이었다.

원래 까마귀들은 구름을 뚫고 비행하는 데 익숙지 않았다. 안개와 구름, 어둠 속을 비행하는 것은 그들의 오래된 금기 사항이었다. 검은 깃털로 뒤덮인 그들이 시계가 불분명한 환경에서 날아다니면 다른 새들에게는 위험했다. 그래서 저물녘이면 모든 까마귀가 자신의 둥지를 찾아가 부리를 날개에 묻고 잠들었던 것이다.

그라우스산의 리프트 위를 지나면서 린다마크는 비행 방향을 바꾸었다. 지금까지 올라왔던 곳을 뒤돌아보기 위해 한쪽 날개를 접고 크게 공중을 선회했다. 산 밑을 내려다보았을 때 린다마크는 입을 떡 벌렸다. 저멀리 까마득하게 보이는 밴쿠버 풍경이 발아래 펼쳐졌던 것이다. 그가 즐겨 날던 스카이트레인 선로가 흐릿하게 보였다. 다만 점처럼 늘어선 객차만이 허공을 더듬듯이 날아가고 있었다. 거대한 모습으로 새들의 진로를 가로막던 하버 브리지의 웅장한 접시단지마저 공중을 날면서 발견하는 블루베리보다 더 작게 보였다.

밴쿠버 시가지를 둘러보던 린다마크는 공중에서 다시 방향을 틀었다. 거기에는 그가 단 한 번도 본 적 없는 세계가 펼쳐져 있었다. 그라우스산 너머의 세계였다. 북쪽으로는 구름에 가려진 산봉우리들이 삐죽 솟아 있었고 그 아래에는 백설에 덮여 있는 숲과 나지막한 산등성이들이 구름 사이로 드문드문 모습을 드러냈다. 린다마크는 가슴 깊이 공기를 들이마시고 그곳을 향해 힘차게 날갯짓을 했다.

린다마크는 속으로 중얼거렸다.

"그래, 누구에게나 하늘은 몸을 맡기는 순간부터 처음의 세계야. 어제의 바람이 내 날개를 지나가지는 않아. 매번 새

로운 바람이 날개를 부풀리는 법이지."

*

북쪽을 향해 날던 린다마크가 날개깃을 조절하면서 하얀 눈을 뒤집어쓴 전나무 끝에 앉은 것은 그라우스산을 넘어선 지 두 시간이 지나서였다. 그가 가지 끝에 닿자 전나무는 깜짝 놀란 듯이 파르르 떨며 가지 끝에 쌓인 흰 눈을 털어냈다. 그러자 우수수 쏟아지는 눈덩이에 아래 가지들도 화들짝 놀라 땅까지 늘어졌다가 제자리로 돌아오며 야단법석을 떨었다.

눈은 습기가 많기 때문에 눈이 내린 숲을 날아가는 것은 생각보다 힘들었다. 공기까지 빽빽해 깃털 사이에 찬 기운이 닿으면 솜털들은 거친 숨소리를 냈다.

"확실히 다르군. 날아다니기는 도시가 편해."

린다마크는 깃털 사이에 맺힌 땀방울을 털어내기 위해 등을 한 번 거칠게 비틀고는 낯선 곳에서의 비행을 되돌아보았다. 해발 1200미터가 넘는 곳에서 처음 해본 비행이 생각보다 나쁘지 않았음을 나름대로 평가했다.

처음에는 그라우스산을 넘어 스쿼미시강까지 가겠다고 생각하지는 않았다. 빅버드의 후예들이 모인다는 그곳까지

가는 길은 다양했다. 그런데도 그가 이쪽 방향을 선택한 데는 나름대로 이유가 있었다. 무엇보다 스쿼미시강에 모인다는 독수리들에 대한 정보 문제 때문이었다. 맹금류의 날카로운 비행소리를 떠올리면 모골이 송연했고 솜털은 거친 호흡소리로 가득찼다. 그때는 재빨리 숨을 곳을 찾을 필요가 있었다. 나무로 가득한 산은 몸을 숨기기에 적당했다.

밴쿠버 새들에게 맹금류는 친숙한 새가 아니었다. 하지만 린다마크는 맹금류의 특성을 알고 있었다. 그들은 육식을 했고 때로는 공중에서 다른 새를 공격하는 데 주저하지 않았다. 아무리 새들의 꿈이 죽을 때 자신의 몸을 공기 속에 묻고 영원한 바람의 음악소리를 온몸에 새기는 일이라고 해도 다른 새에게 죽음을 선사받는 상황은 상상만으로도 끔찍했다.

그런 맹금류를 만나기 위해 망망대해 같은 바다 위를 나는 행동은 어리석은 일임을 알고 있었기에 린다마크는 그라우스산을 넘는 모험을 강행했던 것이다. 이 비행경로는 밴쿠버를 찾아오는 기러기들에게 들은 길이었다. 그들도 맹금류의 눈에 잘 띄는 바닷길보다 숨을 곳이 많은 숲속 길을 권했다. 하지만 나무가 우거진 숲 위를 비행하는 일은 도심에서만 살아온 린다마크에게는 두려움 그 자체였다.

깃털 사이에 맺혔던 땀이 조금 식자 린다마크는 다시 폐부 깊숙이 차가운 겨울 공기를 들이마시고 전나무 가지 끝을 떠날 준비를 했다. 스쿼미시강으로 가는 길은 낯설고 두려웠지만 두려움을 떨치기 위해 힘차게 날개를 하늘에 펼치고 다시 공중으로 떠올랐다.

*

그라우스산을 넘자 산의 형세가 달라졌다. 반도를 따라 태평양에서 불어오는 바람을 막기라도 하려는 듯 수천 미터의 산들이 줄을 지어 북쪽으로 뻗어 있었다. 그런 산들을 보며 린다마크는 경외감을 느꼈다. 산꼭대기에는 올해 처음 내린 눈을 흰색 면사포처럼 쓰고, 산등성이는 길고 긴 드레스 자락을 펼치며 린다마크의 날갯짓을 받아들였다.

린다마크는 초조해지기 시작했다. 해가 완전히 지기 전에 오늘밤 잠자리를 찾아야 했다. 이렇게 높은 산악지대에서 잠을 자는 것은 처음이었다. 밤새 깃털을 파고들 추위와 앙칼진 바람소리를 견뎌내려면 특별한 장소가 필요했다.

린다마크는 '달의 새'들이 했던 말을 다시 떠올렸다.

"야생에서 잠을 자는 것은 도시와 달라. 땅 위는 무조건 안 돼. 쿠거를 비롯해 숱한 위험이 도사리고 있기 때문이지.

그렇다고 나뭇가지 같은 곳도 안심해서는 안 돼."

"쿠거가 뭐예요?"

도심에서만 산 린다마크에게 쿠거라는 이름은 매우 낯설었다.

"아, 커다란 고양이라고 생각하면 돼. 다른 점이 있다면 이 친구들이 훨씬 더 거칠다는 사실. 그가 다리만 휘둘러도 사슴이 쓰러질 만큼 위력이 엄청나지."

인간보다 덩치가 큰 사슴이 쓰러진다는 말에 린다마크는 온몸에 소름이 돋았다. 끔찍했다.

"쿠거는 어디에 있나요?"

"숲속에 숨어서 다니지. 때로는 온 가족이 소리도 없이 나무둥치 같은 곳을 올라다니기도 한다고."

'달의 새'는 자신이 알고 있는 정보를 린다마크에게 낱낱이 알려주었다.

"그럼, 잠을 잘 때도 조심해야겠군요."

린다마크도 알고 있었다. 고양이들이 어린 새들의 둥지를 덮치거나 잠자코 있는 갈매기의 목숨을 훔치기도 한다는 사실을.

"그렇지. 야생의 숲속은 곳곳에 위험이 도사리고 있다고. 그래서 밤에 하늘을 나는 것이 훨씬 안전한 거야. 숲에서는 어둠 속에서 다가오는 위험을 피하기 힘들어."

이제 그동안 쌓았던 모든 지혜를 동원해야 할 때가 왔다. 거친 편서풍은 나뭇가지 사이에 숨으면 피할 수 있었지만 낯선 숲에서 하룻밤을 지새우는 일은 그리 만만하지 않을 터였다.

린다마크는 잠자리를 찾기 위해 고도를 낮추고 숲 바닥을 살폈다. 땅에는 백색 융단이 두툼하게 깔려 있었다. 새가 걸어다니기에는 불가능해 보였다. 습기를 머금은 습설인데다 체중을 실어 디디면 까마귀의 키 정도는 단숨에 삼킬 만큼 눈이 많이 쌓여 있었다. 어쩔 수 없이 커다란 나무둥치 주위에 바람을 등지고 있는 공간을 찾아야 했다. 다행히 쉴 수 있는 공간이 곳곳에 있었다. 무거운 눈 무게에 쓰러진 나무 밑이나 죽은 나무 둥치들이 여기저기 흩어져 있었다. 밴쿠버와 달리 숲을 관리하는 사람이 없는 밀림이 만들어낸 풍경이었다.

린다마크는 죽은 나무둥치 가운데 하나를 선택했다. 거대한 침엽수가 바위 밑에 모여 있는 벼랑 옆에 산사태로 무너진 경사지를 따라 수십 그루의 연필향나무가 쓰러져 있는 곳이었다. 나지막한 블루베리나무 넝쿨이 뻗어 있었고 새들이 숨기에 알맞은 바윗돌이 곳곳에 흩어져 있어 더할 나위 없는 은신처였다. 린다마크는 꽁지깃을 내린 채 그곳으로 천천히 다가갔다. 그리고 오늘밤은 그곳에서 보내기로 했다. 가능하면 목적지 가까운 곳에서 머물고 싶었지만 그곳에 사는 다른 새들의 영역을 침범하지 않기 위해서는 그라우스산 숲속에서 잠을 청해야 했다.

*

누군가 눈을 밟는 소리가 들렸다. 부리를 날갯죽지에 파묻고 있던 린다마크는 머리 깃털이 쭈뼛 서는 것을 느꼈다. 이 밤에 누굴까? 얼핏 '달의 새'가 말하던, 단 한 번도 본 적 없는 쿠거가 떠올랐다. 고개를 들자 하늘에는 수만 개의 별이 총총 떠 있었다.

블루베리나무 넝쿨 쪽에서 린다마크가 있는 나무둥치 쪽으로 발소리가 가까워졌다. 린다마크가 그쪽으로 고개를 돌리고 실눈을 뜨고 어둠 속을 응시하자 소리의 정체가 조금씩 윤곽을 드러냈다. 하얀 눈에 희미하게 모습을 드러낸 동물은 바로 늑대였다. 밴쿠버 외곽에서 가끔 볼 수 있었던, 꼬리가 길고 발목이 굵은 회색늑대 특유의 쫑긋 세운 귀가 보였던 것이다. 다만 이상한 점은 한 마리만 눈에 띄었다는 것이다. 늑대는 보통 몇 마리씩 무리를 지어 다니는 동물이었다. 그들은 떼를 지어 생활하면서 말코손바닥사슴이나 쥐, 멧닭 등을 습격하는 습성이 있었다. 그렇기에 혼자 어둠 속을 돌아다니는 늑대는 흔하지 않은 광경이었다.

하지만 린다마크는 크게 걱정하지 않았다. 린다마크처럼 확실한 비행을 할 수 있는 새들은 여러 마리의 늑대가 온다고 해도 두려워할 필요가 없었다.

회색늑대도 린다마크가 자신을 지켜보고 있다는 것을 알고 있는 듯했다. 조금 전보다 더욱 조심스럽게 돌이 부서진 너덜지역을 건너오고 있었다. 때맞춰 바람도 린다마크 쪽에서 회색늑대 쪽으로 불었다. 린다마크는 회색늑대가 좀더 다가오면 경고의 목소리를 내야겠다고 생각했다. 이쪽의 울음소리를 들으면 회색늑대도 괜한 헛걸음을 하지 않으리라는 확신이 들었다. 칠면조나 멧닭처럼 제대로 날지 못하는 새소리와 까마귀 소리를 구별하지 못할 어리석은 늑대는 없을 것이기 때문이다.

"까악."

회색늑대가 한 걸음 더 가까이 다가오자 결국 린다마크는 적막을 깨고 짧고 나지막한 경고음을 공중에 날렸다. 다가오던 회색늑대가 걸음을 멈추고 한동안 린다마크가 있는 쪽으로 목을 길게 뺀어 좁고 긴 코를 들이밀고 정체를 파악했다.

그러고는 잠시 움찔거리더니 고개를 흔들고 꼬리를 내리고 다가왔다. 늑대가 꼬리를 내리는 행동은 적의가 없다는 뜻이었다.

"너는 이곳에 사는 까마귀가 아닌데?"

린다마크가 눈을 커다랗게 떴다. 아무리 야생의 숲을 헤매고 다니는 늑대라 해도 새들의 언어를 말할 것이라고는 상상도 못했다. 밴쿠버 밖 세상은 그가 알던 세상과는 전혀 다른 세상임을 단번에 깨닫게 하는 순간이었다.

"아니, 어떻게 새들의 언어를……."

린다마크는 자신이 놀란 사실을 숨기지 않고 솔직히 드러냈다.

"우린 너희의 소리를 끊임없이 듣잖아. 이 넓은 산속에서는 새들의 언어나 짐승의 말이 완전히 다르지 않거든. 그 사실을 모르는 걸 보니 너는 밴쿠버에서 태어난 새인 모양이구나?"

린다마크는 어둠 속에 묻어두었던 검은 눈을 커다랗게 뜨고 다가오는 회색늑대에 대한 두려움을 떨쳐버렸다. 땅 위에 발을 붙이고 돌아다니는 짐승이 어떻게 새들의 언어를 이해하는지 알 수 없었지만 그가 적의가 없다는 것만은 확실했다.

린다마크와 회색늑대의 거리는 어느새 경계의 영역을 넘

어 대화의 영역에 들어와 있었다.

"그걸 어떻게 알아요?"

"간단하지. 밴쿠버 출신 새들의 가장 큰 특징은 자신들의 말 이외에 다른 집단의 말을 제대로 듣지 못한다는 거지. 생명의 소리보다 쓸데없는 소음에 익숙해져 자연이 정해놓은 법칙을 배우지 못한 탓이지. 너희는 둥지에서 부화하기도 전에 자동차나 스카이트레인 소리에 익숙해져서 새들의 언어만 배우기에도 힘들거든."

회색늑대의 말에 린다마크는 고개를 끄덕이지 않을 수 없었다. 사실 그랬다. 밴쿠버 새들은 부화하기 전부터 숱한 소음에 시달렸다. 자동차와 비행기, 항구의 뱃소리까지 인간들이 만들어내는 온갖 소리에 시달렸다. 그 소리가 오죽 시끄러웠으면 인간들조차 일정한 세기 이상의 소리를 내지 못하도록 법을 만들어 통제했을까.

회색늑대는 린다마크가 이해할 수 있게 좀더 자세히 말해주었다.

"야생에서 태어나 자연의 섭리대로 살아온 우리는 너희와 다르게 일찍부터 다른 짐승들의 소리를 듣지. 곰이 울부짖는 소리, 말코손바닥사슴이 애인을 부르는 소리, 쿠거가 가족을 찾는 소리 등. 그런 소리를 듣고 자라다보니 자연스럽게 그들의 말을 할 수 있게 되었지. 물론 너희 새들의 말도. 나처럼 오래 살다보면 대화하는 방법을 터득하게 되는 거야."

린다마크는 회색늑대의 말을 이해할 수 있었다. 그러자 문득 그에 대한 궁금증이 생겼다.

"그런데 왜 혼자 숲속을 돌아다니는 거예요? 늑대는 무리를 지어 돌아다니지 않나요?"

회색늑대는 린다마크의 질문에 한참 동안 고개를 들어 하늘의 별을 쳐다보다 입을 열었다.

"나도 한때는 우두머리였지. 하지만 너무 늙었어. 너무 오랫동안 그라우스산을 헤매고 다녔지. 이제는 젊은 친구들이 숲을 헤치고 다녀야 할 때지. 그래야 우리 늑대들도 번성을 하게 되고 새끼들이 자신들의 이야기를 알릴 수 있는 거야."

밴쿠버 새들에게도 그런 풍습이 있었다. 나이가 많아 날개에 힘이 빠지면 일부 새들은 무리에서 떨어져나가 홀로 생활했다. 하늘을 가르는 힘찬 날갯짓을 긍지로 생각하는 새들의 품위를 위해 그들은 오랫동안 날지 않아도 되는 곳을 찾아다니는 은퇴의 시기를 보냈다. 린다마크의 할아버지도 그런 곳을 찾아 떠났다.

"아, 우리 할아버지도 그랬어요. 그 무렵 저는 부화한 지 얼마 되지 않아 잘 모르지만 할아버지가 하늘을 나는 일에서 은퇴했다는 말은 나중에 들었어요."

"그래, 은퇴를 한 것이지. 나도…… 그런데 너는 왜 이런 곳에 혼자 있는 거야?"

이번에는 회색늑대가 자신의 궁금증을 풀기 위해 린다마크에게 물었다.

린다마크는 몇 번 머리를 좌우로 흔들다 속내를 털어놓았다.

"저는 독수리를 찾으러 왔어요. 스쿼미시강에 모인다는 전설의 새를 보려고요."

"스쿼미시강의 독수리를 보러 가려고 밴쿠버를 떠난 거야? 이런, 맙소사! 인간들만 구경거리를 좋아하는 줄 알았더니 밴쿠버 새들도 똑같군."

처음 듣는 소리였다. 밴쿠버 인간들도 빅버드의 후예일지도 모르는 새에게 관심이 있다는 이야기는. 린다마크는 귀를 쫑긋 세우고 관심을 보이며 어둠 속에서 반짝이는 눈을 더욱 크게 떴다.

"내가 알기로는 원래 그 독수리들은 스쿼미시 종족들이 살기 이전부터 이곳에 모여들던 무리야. 산꼭대기에 불꽃이 일던 시대부터였다는 소리도 있지만 그건 잘 모르겠고, 얼마 전부터 겨울이면 인간들이 그 새들의 무리를 구경하기 위해 일대에 집을 짓고 상점도 세우지."

린다마크의 가슴이 흥분으로 부풀어올랐다. 인간들도 빅버드에게 관심을 갖고 있다는 사실이 그의 피를 끓게 만들었다. 린다마크는 속으로 진정해야 한다고 중얼거렸다. 회색늑대는 그런 린다마크의 기분은 아랑곳하지 않고 자신이 알고 있는 사실을 말해주었다.

"나는 그 시체 사냥꾼에 대해 왜 사람들이 관심을 갖는지 이해할 수 없어. 우리 늑대들은 아무리 배가 고파도 죽어가는 자를 쫓아가는 비열한 짓은 하지 않는데 말이야."

순간 린다마크는 망치로 두들겨맞은 것처럼 머리가 띵했다. 시체 사냥꾼이라니? 하늘의 지배자라고 불리는 독수리에게 그런 치욕적인 말을 내뱉다니. 땅 위를 돌아다니는 자들은 예의가 없다는 새들의 격언이 틀리지 않았음을 다시 한 번 확인했다.

"시체 사냥꾼이라니요? 어떻게 그런 모욕적인 말을……."

"그들은 분명히 시체 사냥꾼들이야. 산란을 마치고 떠내려오는 연어를 먹기 위해 모인 자들이야!"

회색늑대는 경멸스러운 자들의 이야기를 입에 올리는 것이 불쾌하다는 듯이 목청을 높였다. 그 소리에 놀란 숲속의 눈들이 나뭇가지 위에서 우수수 쏟아졌다. 늑대는 자신의 말을 받아들이지 않는 어린 새를 어이없다는 표정으로 바라보았다.

"나는 네가 어떻게 받아들이든지 상관 안 해. 분명한 것은 죽어가는 연어들이 떠내려오지 않는 봄이 되면 그들이 스쿼미시강을 떠난다는 거야. 어떻게 목숨을 잃어가는 자들을 찾아 떠돌아다니는 그들을 경멸하지 않을 수 있다는 말인가! 새들은 생명의 가치를 너무 몰라."

회색늑대는 검은 빛깔의 린다마크 역시 새들의 한 종류라는 사실을 깨닫고 혐오스럽다는 듯이 뾰쪽한 주둥이를 길게 한 번 내밀고는 오던 길을 되돌아갔다. 회색늑대는 단 한 번도 고개를 돌려 뒤돌아보지 않고 떠났다. 꼬리를 길게 늘어뜨리고. 그가 사라진 어둠 속은 이내 적막감에 휩싸였다.

회색늑대가 어둠 속으로 모습을 감추고 나서도 린다마크는 한참 동안 그의 이야기에서 헤어나지 못했다. 빅버드의 후예일지 모르는 독수리들이 시체 사냥을 하기 위해 스쿼미시강에 모인다는 사실을 받아들일 수 없었다. 땅 위를 벗어나지 못하는 짐승들이 하늘을 나는 자들을 시기해 지어낸 이야기 같았다.

린다마크는 그 모든 것을 확인하기 위해 날이 밝기만을 기다렸다. 동쪽 하늘을 바라보았다. 아직 그곳에는 별이 총

총 떠 있었다.

*

마침내 날이 밝았다. 간밤에 겪었던 일은 어느새 린다마크의 머릿속에서 잊혔다. 린다마크는 빅버드에 대한 호기심으로 날개 끝에서 꽁지깃까지 새로운 활력을 불어넣었다. 스쿼미시강이 반나절 남짓 비행하면 닿을 수 있는 거리에 있다는 사실만으로도 꽤 흥분되었다.

린다마크는 다시 한번 '달의 새'들이 말해준 비행경로를 되짚었다.

"폭포를 지나면 더이상 북쪽으로 날면 안 돼. 휘슬러까지 갈 필요가 없다고. 폭포를 따라 동쪽으로 날아가면 되는 거야. 조그만 다운타운이 나오는데, 거기서부터 조심해야 할 구간이야."

단 한 번도 가본 적 없는 그곳이 린다마크의 머릿속에 그림처럼 떠올랐다. 간절함이 린다마크의 온몸에 퍼져 근육들이 팽팽하게 긴장했다. 이제는 긴장을 풀기 위해 몸을 공중에 띄우고 바람의 숨결에 맞추어 호흡해야 할 때였다. 린다마크는 눈 때문에 밑으로 축 늘어진 연필향나무 가지를 박차고 허공으로 날아올랐다. 이마에 닿는 햇살에서 스쿼미시강 냄새가 묻어나는 것 같았다.

숲이 끝나는 곳에서 붉은 지붕의 주유소가 모습을 드러냈다. 린다마크가 익히 알고 있는 상표의 주유소였다. 노란색 조개껍데기가 중앙에 커다랗게 그려져 있는 마크는 밴쿠버 새들도 익히 알고 있는 것이었다. 빅버드가 인간을 태어나게 했다는 조개껍데기 상표 너머로 거대한 강이 모습을 드러냈다. 스쿼미시 강줄기가 바다로 들어가기 위해 양쪽으로 길게 뻗은 하구 구릉들을 마지막으로 활짝 펼치고 있었다.

"회색늑대가 잘못 알고 있는 거야. 인간들도 빅버드에 대한 관심 때문에 독수리를 찾아오는 거야."

조개껍데기 상표가 보이자 린다마크는 지난밤 자신을 불안하게 했던 회색늑대의 이야기가 아침햇살에 묻혀 저멀리 그라우스산 뒤편으로 사라지는 듯했다.

"해가 높이 뜨면 어둠은 제자리를 찾아가는 거야. 독수리들이 시체 사냥꾼일 리 없어."

스쿼미시강이 가까워질수록 린다마크의 심장에서는 확신에 찬 박동소리가 크게 들려왔다. 주유소를 지나고 나서 린다마크는 날개를 활짝 펴고 깃털을 세웠다. '달의 새'들이 하던 말을 떠올렸던 것이다. 훤한 대낮에 스쿼미시강 위를 나는 것은 독수리를 비롯해 물수리들의 눈에 새로운 먹잇감이 나타났다는 것을 알리는 신호와 같다고 했다. 호기심에 한시라도 빨리 강 위를 당장이라도 날아가고 싶은 마음이 굴뚝같았지만 아직까지 날아야 할 하늘이 많이 남아 있었다. 그곳에 닿기 위해서는 목숨을 보전해야만 했다.

마침 주유소 뒤편에는 히말라야시다 한 그루가 우뚝 서 있었다. 린다마크는 그곳을 향해 낮게 날아갔다. 그러고는 히말라야시다 솔방울이 가장 많이 달린 중간 가지 위에 몸을 숨겼다.

스쿼미시강은 북쪽에서 남쪽으로 천천히 흘러갔다. 군데군데 삼각주가 발달해 있었고 삼각주 사이로 여울이 보였다. 바다 가까이까지 여울이 내려와 있다는 것은 강물이 자갈을 움직일 힘이 남아 있다는 뜻이었고 강기슭에 충적토가 발달하지 않았다는 뜻이기도 했다. 한마디로 아직도 강이 젊다는 증거였다.

강가에는 몇 개의 조그만 지붕과 자동차가 있었다. 자동차 주변으로는 알록달록한 단풍처럼 화려하게 옷을 입은 인간들이 돌아다니고 있었다. '달의 새'들이 말하는 전망대 같았다.

주위 풍경이 하나둘씩 들어오자 린다마크는 자신이 이곳에 온 이유를 다시 한번 떠올렸다. 하루 두 차례 강물과 바다가 서로의 위치를 다투는 때가 독수리가 몰려드는 시간이라는 말도 새록새록 기억났다. 강물과 바다가 위치 싸움을 하기 전에 바람이 먼저 움직였다. 오늘은 아직 그때가 되려면 햇살이 강물을 좀더 반짝이게 비추어야 했다.

린다마크는 고개를 들어 천천히 주위를 살펴보았다. 주유소 너머로 인간들이 사는 마을이 보였다. 밴쿠버와 달리 조그만 집들이 숲속에 드문드문 자리를 잡고 있었다. 요란한 스카이트레인도 없었다. 그 가운데 유난히 깃발이 높이 달려 있는 건물이 눈에 띄었다. 깃발에는 날개를 활짝 펼친 새가 그려져 있었다. 원주민들이 좋아하는 토템폴에 새겨져 있는 형상이었다. 두 날개를 쫙 펼치고 다리를 꿋꿋이 땅에 디디고 있는 모습. 캐나다 원주민들이 경배하는 빅버드를 숭상하는 곳임을 하늘에 새겨놓고 있었다.

린다마크가 주위를 살피고 있는 사이 히말라야시다 밑에서 그를 부르는 소리가 들렸다.

"너는 어디서 온 새야?"

린다마크가 고개를 돌리자 린다마크보다 덩치가 작은 가마우지가 그를 올려다보고 있었다.

"밴쿠버에서 날아왔어."

린다마크가 대답하자 가마우지는 재빨리 나뭇가지를 밟고 올라와 그의 옆에 앉아 날개를 접었다.

"밴쿠버라고? 호스슈만 건너편 말이지? 그 번잡한 곳에서 왜 이곳으로 온 거야? 너도 죽어가는 연어에 관심이 있는 거야?"

가마우지는 낯선 방문객이 불쌍하다는 듯 측은한 눈길로 바라보았다. 린다마크는 그의 말에 발끈했다.

"나는 죽어가는 연어에는 관심이 없어. 빅버드의 후예를 찾아온 거라고."

"빅버드의 후예? 그게 누군데?"

린다마크를 무시하는 듯한 가마우지의 말투는 굉장히 퉁명스러웠다. 배려할 줄 모르는 새들의 공격적인 말투 그대로였다. 린다마크는 그런 가마우지가 가소로웠다. 빅버드를 경배하지 않는 새는 하늘을 날아다닐 자격이 없다는 이야기를 오랫동안 들어왔던 탓이었다.

"빅버드를 무시하다니…… 너는 이곳 새들의 세계를 알지도 못하는 가마우지구나."

"빅버드는 나도 알지. 이곳 스쿼미시 원주민들도 그 새를 경배하지. 인간을 만들어준 새니까. 그런데 그 빅버드의 후예가 누구라는 거야? 나는 이곳에서 그들을 본 적이 한 번도 없어."

가마우지는 자신이 이곳에 사는 새임을 단숨에 환기했다.

그랬다. 가마우지는 이곳 사정을 린다마크보다 정확히 알고 있을 수밖에 없었다.

린다마크는 그의 말에 수긍했다.

"네가 이곳을 나보다 더 잘 알고 있다는 건 인정해. 하지만 빅버드의 후예를 모른다는 건 이해가 안 돼."

린다마크의 말투가 고분고분해지자 가마우지도 목청을 높일 필요가 없음을 깨닫고 조용히 말했다.

"이곳에 빅버드의 후예가 있다는 말을 너한테서 처음 들어서 그래. 그런 새를 본 적이 없거든."

"독수리가 그들이 아니야?"

린다마크는 자신이 생각하고 있는 사실을 말했다.

"독수리가 빅버드의 후예라고? 누가 그런 말을 퍼뜨렸지? 그들은 거지 같은 종족이라고. 물고기도 제대로 잡지 못하는……."

가마우지는 경멸에 찬 목소리로 말했다.

"하늘에 자신을 묻을 수 있는 자들이 어떻게 썩은 시체나 찾아다니고, 남들이 먹다 남긴 먹이를 물고 다니는 걸 아무렇지도 않게 여기는지…… 나는 그들을 생각할 때마다 같은 종족이라는 사실이 부끄러워."

가마우지는 단순히 독수리를 경멸하는 것이 아니라 증오

하는 듯했다.

"그 말이 사실이야?"

"조금만 있어보라고. 곧 그들의 추태가 이 강에 벌어질 테니. 저기 벌써 시체 사냥꾼이 나타나기 시작하는군."

가마우지는 한쪽 날개를 들어 그라우스산 북쪽 하늘을 가리켰다. 멀리서도 눈에 확 띄는 커다란 새가 모습을 드러내며 날아오고 있었다. 한 마리만이 아니었다. 그 옆에 또다른 한 마리가 모습을 드러냈다.

"잘 보라고. 누가 저놈들이 빅버드의 후예라는 엉뚱한 소문을 퍼뜨렸지? 이곳에서 벌어지는 일을 확실히 본다면 그런 헛소리는 하지 못할 거야."

가마우지가 비난하는 줄도 모르고 거대한 날개를 펼친 새들은 빠르게 개체수를 늘리더니 스쿼미시강을 향해 비행했다. 그 무리 말고도 또다른 무리가 강 건너편 산에서부터 모습을 드러냈다. 강에서는 밀물이 밀려오는 소리가 조금씩 들려왔다. 강 수면 위로 바람이 스치는 모양도 달라졌다.

"저기 여울을 잘 봐. 연어들이 보이기 시작할 거야. 그것을 먹기 위해 저들이 이곳에 모여드는 거라고."

가마우지가 가리키는 여울은 삼각주와 삼각주 사이에 있었다. 그 사이에 자갈들로 이루어진 낮은 언덕은 밀물이 밀려오면서 차츰 모습을 감추었다. 점처럼 조그만 것들이 물 위에 떠다니는 것 같았다. 그 점이 늘어나는 만큼 하늘에서도 거대한 날개로 선회하는 독수리들 수가 늘어났다. 그 가운데 한 마리가 물에 떠다니는 점을 향해 부리를 내리꽂았다.

"이봐, 신출내기. 저것이 저 새들이 이곳에 모여드는 진실이라고. 연어들이 상류에서 알을 낳고 힘이 빠져 떠내려오다 여울 위쪽에서 죽으면 여울에 걸리는 때를 기다려 그것을 주워먹기 위해 독수리들이 모여드는 거라고."

가마우지의 설명이 아니더라도 린다마크도 눈으로 직접 확인할 수 있었다. 여울이 낮은 쪽에 내려앉은 독수리가 가볍게 다리를 뻗어 빳빳한 연어를 낚아채 날아오르고 있었다.

"오, 맙소사! 저런 창피한 일을……."

"우리 가마우지들도 저런 짓은 안 한다고. 아직 목숨이 붙어 있어 물속을 헤엄치는 자들을 하늘로 들어올리기 위해 자신을 물속에 밀어넣는다고. 저렇게 죽어가는 연어들을 주워먹기 위해 물 위를 비행하지 않는다고."

린다마크는 눈앞이 깜깜해지는 것을 느꼈다. 지난가을부터 궁금증과 호기심으로 가득했던 이곳의 실체가 드러나는 순간 온몸의 힘이 빠져나갔다. 최소한 새로서 권위가 있어야 하늘에 자신을 맡기고 날개의 이쪽 끝에서 저쪽 끝으로 공기

를 밀어낼 수 있다는 새들의 자존심이 무참히 무너져내렸다.

스쿼미시강에는 무수한 점들이 밀려왔고 그 위를 독수리들이 날면서 햇살이 비쳐야 할 강물 위는 검은 죽음의 그림자와 혼란스러운 비행으로 뒤덮였다.

린다마크는 가마우지에게 물었다.

"언제부터 이런 일이 벌어지고 있었던 거야?"

"백인들이 이 땅에 들어오고 나서부터야. 내가 알기로 그 이전에는 강물에 연어들이 흘러넘쳐 독수리들이 이렇게 죽음을 구걸하러 다닐 필요가 없었다고 해. 강물이 오염되면서 회귀하는 연어가 줄어들자 독수리들은 먹이가 풍부한 곳을 찾아다녔는데, 여기가 바로 그들이 찾던 곳이었던 거지. 그 때부터 이곳은 겨울이면 독수리들의 파티장이 된 거지."

"그렇군. 근데 다른 새들에게는 왜 이런 사실이 알려지지 않은 거지?"

가마우지는 린다마크 옆자리에서 떨어지면서 스쿼미시강의 비밀을 공중에 뿌렸다.

"가끔 물수리들도 저 파티에 참여하지. 그래도 그들은 자존심이 남아 있어 죽은 연어를 먹으러 오는 다른 새를 발견하면 사정없이 덮치지. 그들의 부리를 두려워하는 새들은 저절로 이곳을 찾지 않게 되었지. 물수리들이 덮칠 수 없는 거대한 독수리만이 이곳을 파티장으로 만들어버린 거지."

*

해가 질 무렵 린다마크는 그라우스산이 보이는 폭포수 계곡 위를 날아가고 있었다. 그는 오늘 자신이 본 사실을 어떻게 정리해야 할지 수없이 생각했다. 스쿼미시강에서 목격한 현장은 새로서 창피하기 그지없는 일이었다. 하지만 그것은 독수리만의 일이 아니라고 생각했다. 빅버드에 대한 불확실한 소문을 탄생시킨 밴쿠버 새들의 무지가 드러나는 일이기도 했다.

러레인에게 모든 것을 알려야 한다고 생각했지만 현명한 일이 아니라는 생각이 들었다. 불확실한 소문에 대한 호기심을 부추겼던 '지혜의 숲' 현자를 나무랄 수 있는 문제가 아니었기 때문이다. 그 역시 소문의 피해자였다.

오후 내내 스쿼미시강 주변을 서성였던 린다마크는 나름대로 정리를 했다. 독수리들이 시체 사냥꾼으로 사는 일은 그들의 삶의 방식이었다. 그것을 다른 새가 비난해서는 안 되었다. 문제는 그것을 받아들이는 다른 새들의 태도였다. 하늘에서는 자신의 날개 밖에서 벌어지는 다른 새들의 태도에 대해서는 누구도 비난해서는 안 되었다. 그런데도 스쿼미시강의 가마우지 말고도 다른 새들은 독수리를 비난했다. 그들은 제대로 된 먹이를 구하지 못해 저멀리 옐로스톤에서 날아온다는 것을 책잡았다.

생각에 잠긴 린다마크는 속으로 중얼거렸다.

'하늘은 누구에게나 길을 내주고, 멀다고 해서 구름이 가던 길을 멈추게 하지 않는다는 거예요.'

그랬다. 사실 독수리들은 커다란 날개로 인해 하늘에 오랫동안 떠 있을 수 있고 멀리 갈 수 있는 능력을 갖게 되었다. 하지만 그로 인해 물수리나 새매처럼 빠른 속도로 공중을 가로질러 날아가는 비행법을 얻을 수 없었다. 그리하여 그들이 선택한 삶의 방식은 죽은 시체를 찾아내고 그것을 뜯어먹는 것이었다. 그들은 높은 곳에서 죽음이 내려앉는 땅 위의 흔적을 누구보다도 빠르게 볼 수 있는 눈을 갖게 되었고 그것을 활용해 먹이 사냥을 하고 새끼를 키워냈다. 그뿐 아니라 자신들의 하늘을 갖게 되었다.

린다마크는 그들의 삶의 방식을 받아들인 뒤에야 자신이 살 곳은 밴쿠버 하늘이란 사실을 확실히 알게 되었다. 이런 사실을 깨달은 린다마크는 서둘러 자신이 날아왔던 길을 더듬어 되돌아갈 비행경로를 정했고 어느새 그 길은 그라우스산이 날개 끝에 닿을 수 있는 곳까지 이어졌다.

린다마크는 흰 눈이 산봉우리를 덮고 있는 그라우스산의 바위 능선을 넘으면서 오늘 본 광경을 떠올리며 생각을 정리했다. 독수리가 빅버드의 후예가 아니라고 해서 지금까지 전해져오는 전설이 깨지는 것은 아니라는 사실이었다. 빅버드의 후예가 그렇게 쉽게 모습을 드러낸다면 밴쿠버의 모든 새의 마음속에 싹터서 자라고 있는 자긍심과 하늘을 나는 이유는 사라질 터였다.

그라우스산 정상을 넘어서고 밴쿠버만의 지형들이 보다 선명해지면서 린다마크는 가슴속으로 외치고 싶은 소리를 다시 한번 깊이 삼켰다.

'새들에게는 늘 날아다녀야 하는 하늘이 있어야 하고, 그 하늘 위에는 모습을 나타내지 않는 거대한 새 한 마리가 날개를 활짝 펼치고 있어 모든 새의 비행에 합당한 명분을 주어야 해. 그러려면 한 무리의 새가 빅버드의 후예가 되어서는 안 되는 거야. 그 새는 모든 밴쿠버 새의 꿈을 담고 있어야 해.'

그런 깨달음은 린다마크의 공기주머니를 부풀게 했다. 잉글리시만에서 불어오는 소금기 가득한 바람을 폐부 깊숙이 들이마시자 린다마크는 여행을 떠나기 전보다 비행이 더 부드러워졌음을 느낄 수 있었다. 또한 어떤 고난도 두렵지 않다는 자신감이 온몸의 깃털에 새겨져 있었다.

작가의 말

밴쿠버국제공항에 내렸던 봄이 생각난다. 영어 한 마디 못 하면서 나는 그곳에서 오년을 살았다. 그것은 지독한 유배였다. 유일한 희망은 『죽음의 한 연구』를 쓴 박상륭 선생을 만나보는 것이었다. 그를 찾았으나 그는 이미 한국으로 돌아간 뒤였다.

날마다 스카이트레인을 타고 랭글리와 화이트록을 돌아다녔다. 황량하고 건조한 풍경의 농장들. 나는 그것을 블루베리의 사막이라고 불렀다. 위기 때마다 한국의 방송국이 불러서 겨우 숨통을 틔울 수 있었다. 한국을 떠나오면서 만들었던 〈만행卍行〉은 원작 기획과 작가는 사라지고 제작에 참여하지 않은 피디 세 명이 연출가로 이름을 올리는 것으로도 모자라 다른 작가의 이름으로 공중파를 타면서 하버드 출신의 푸른 눈의 승려를 스타로 만들었다.

이 소설은 그때 캐나다 정부의 예술인 지원정책에 맞추어 쓴 이야기다. 캐나다 원주민의 탄생 설화를 바탕으로 밴쿠버가 배경이 된 이유다. 한국어로 쓰고 영어로 현지에서 출판을 하고 싶었다. 그랬던 것을 이제야 묶어서 펴낸다. 너무 오랜 시간이 흘렀고 문체는 낡았고 세상은 바뀌었다. 그것 때문에 편집진이 고생을 했다.

이 글을 완성할 수 있었던 것은 가족의 힘이 컸다. 캐나다에서 자주 자리를 비우는 남편을 지켜주고 자라나는 아이들을 챙겨준 아내에게 고마움을 새겨넣는다. 그리고 성실하지 못했던 아빠가 할 수 있는 일이라고는 그 도시에서 보고 깨달은 이야기를 전하는 일뿐이다. 그곳 하늘을 날던 모든 새에게 감사한다.

2021년 5월

박기영

박기영

대구 매일신문 신춘문예에 시가 당선되면서 문학 활동을 시작했다. 장정일과 2인 시집 『聖. 아침』을 내고 『숨은 사내』, 『맹산식당 옻순비빔밥』, 『무향민의 노래』 등의 시집을 냈다. 방송작가로 〈낙동강 1300리〉, 〈만행〉 등의 다큐멘터리 제작에 참여했다. 캐나다로 이민 갔다가 돌아와 옥천에서 옻 관련 사업을 하며 틈틈이 글을 쓰고 있다.

빅버드

초판 인쇄 2021년 5월 27일
초판 발행 2021년 6월 7일

지은이 박기영 | 펴낸이 신정민

편집 박민영 이희연 신정민 | 디자인 윤종윤 이주영 | 일러스트 박민영
마케팅 정민호 김경환 | 저작권 김지영 이영은 김하림
홍보 김희숙 김상만 함유지 김현지 이소정 이미희 박지원
제작 강신은 김동욱 임현식 | 제작처 한영문화사(인쇄) 경일제책(제본)

펴낸곳 (주)교유당
출판등록 2019년 5월 24일 제406-2019-000052호

주소 10881 경기도 파주시 회동길 210
문의전화 031) 955-8891(마케팅), 031) 955-3583(편집)
팩스 031) 955-8855
전자우편 gyoyudang@munhak.com

ISBN 979-11-91278-43-9 43810

교유서가는 (주)교유당의 인문 브랜드입니다.
이 책의 판권은 지은이와 (주)교유당에 있습니다.
이 책 내용의 전부 또는 일부를 재사용하려면 반드시 양측의 서면 동의를 받아야 합니다.